竜は四季を巡り恋をする
ドラゴンギルド
「わぁ、なんて美しい竜なんだろう……！」
「ジェイドおめでとう！　すっごく綺麗！　世界一綺麗なんじゃない？　ねえっ、ボス！」
「ああ！　こいつは素晴らしい！　ジェイド、まさに神秘の造形だ！」
JN009710

竜（ドラゴン）は四季を巡り恋をする
〜ドラゴンギルド〜

鴇 六連

22659

角川ルビー文庫

Contents

エリスの甘い受難～翡翠色の竜は覚醒する～……7
ふぁーくんとモンくん……39
西の果ての檸檬の木……69
魔性の竜は今日も旦那さまに夢中……85
ドラゴンギルドの竜かぜ騒ぎ……95
あとがき……153
紅炎竜と執事のデート……157
人魚は水竜のおねだりに惑う……165
一角獣の贈り物めぐり……173
筆頭バトラーの多忙なる日々～激務で始まり激務で終わる～……181

ドラゴンギルドのバトラーで絶滅した魔女の末裔。優しい性格で、ナインヘルには殊更甘い。

ナインヘル

竜の中でも最強の火竜（サラマンダー）。強引で乱暴モノだが、アナベルの言うことはきく。

リーゼ

ドラゴンギルド筆頭バトラー。
別名：サタン・オブ・ギルド。竜を世界で何よりも愛している。

サリバン

ギルドの中でも年長で経験豊富の風竜（シルフィード）。好きなもの・趣味：リーゼで、リーゼ至上主義。

メルヴィネ

人魚（セイレーン）と人のハーフのドラゴンギルドバトラー。穏やかだが、少し世間知らずなところがある。

サロメ

美麗な水竜（オンディーヌ）。ギルド内で竜の幼生体の面倒を見ている。メルヴィネのことになると周りが見えなくなる。

リシュリー

元アルカナ帝国第四王子で、一角獣のハーフ。ファウストと北にあるドラゴンギルド支社で働く。

ファウスト

人工的に作られた黒い雷竜。
実直な性格で、教えてもらったことをメモするのが日課。

エリス

紹介所の募集からドラゴンギルドに就職した、ごく庶民的なバトラー。服飾の知識やセンスの良さで頼りにされている。

ジェイド

幼生体から成体に変容したばかりの風竜。美丈夫な見た目に反して中身はまだ子供。エリスが大好き。

テオ

古株のドラゴンギルドバトラー。
リーゼに認められるように奮闘中。

オーキッド

甘えん坊な若い風竜。
テオが最近構ってくれないことが不満。

口絵・本文イラスト／沖　麻実也

エリスの甘い受難

〜翡翠色の竜は覚醒する〜

Dragon-guild Series

二十三歳になったばかりのエリスの人生は、なにかと受難が多い。

最初の災難は隣の家で火事が起こり、そのもらい火で生家が全焼したことだった。エリスが生後三か月のころの出来事なので記憶にはないけれど。移り住んだ家も八歳のときに洪水で流され、さらに次の家は、アルカナ・グランデ帝国軍が実行する大規模な魔物狩りに巻き込まれて倒壊した。だからエリスは今も帝国軍が大嫌いだ。

そして三年前の春、忘れもしない二十歳の誕生日——事業に失敗した父親が、病弱な母親と幼い弟妹を残して蒸発した。

悔しさと情けなさで、エリスは生まれて初めて声をあげながら激しく泣いた。しかし泣いたところで一枚の銅貨さえも得られない。三人の家族を飢えさせたくないから、通っていた美術学校を辞め、服飾デザイナーになる夢も諦めて、仕事を探しはじめた。

地方の小さな町で実入りのいい仕事を見つけるのは難しい。エリスは列車の切符を片道分だけ買って始発で帝都へ行き、まっすぐ職業紹介所へ向かう。

「住み込みで、今日か明日から働けて、給料の高いところ、お願いします……」

窓口の係員は小太りの男でひどく不愛想だった。希望の条件に当て嵌まる仕事はわずか二件で、エリスは係員が提示してきた二枚の用紙に食い入るように視線を落とす。

【ビングリー駐屯地内の食堂／皿洗い：十六歳～二十歳】

【結社ドラゴンギルド／バトラー急募：魔物人間不問】

「帝国軍の駐屯地？」

大嫌いな帝国軍で働くなんて、どれだけ金を積まれても御免だ。結局エリスに与えられた紹介先は一社のみということになる。それも、世界最強の魔物が集う、帝国で最も有名で且つ謎に満ちた結社――。

ごくりと唾を飲む。竜を見たのは三度で、いずれも遠方を飛ぶ小さな姿だった。人々は魔物を怖いものと思い込んでいるが、エリスは帝国軍に家を破壊された恨みはあっても、魔物に傷つけられた経験は一度もない。

なにより金が必要だった。

「急募って書いてる。……ってことは誰かが急に辞めちゃったのかな。即採用ですかね？」

縋る思いで訊ねると、小太りの係員は至極面倒そうにつぶやいた。

「ここは創立から三十年間、ずっと【バトラー急募】だ」

それは、いったい、どういう意味なの――不吉めいた言葉と、発行してもらった紹介状だけを手に、エリスは恐る恐るドラゴンギルドの装飾豊かな正門をくぐる。

採用面接をしてくれたのは、片眼鏡をかけた同年輩の青年だった。

「ほう。紹介所から来るのは久しぶりだな。いいぜ、今日から働け」

「あっ……ありがとうございます!! よろしくお願いします!」

予想通り即採用され、しかしその日のうちに辞めたくなった。

間近で見る竜たちが、想像していたよりも遥かに巨大で怖い。そして、美人で華奢な筆頭バトラーは竜以上に恐ろしく、まるで悪魔のようで、要領の悪いエリスを滅茶苦茶に叱りつけてくる。

軽率にサインしてしまった、悪魔との契約書——もとい、雇用契約書の一行目には、猛毒である竜の血に触れて死んでも、竜に踏まれて圧死しても、本人と家族は労働基準監督署に訴えられないと明記されていた。

でも竜の意思で僕が頭からばりばり食べられたら、ギルドは母さんに見舞い金くらい出してくれるんじゃないかしら——淡い期待を抱き、リーゼに怒られながら働いていると、信じられないことに一年が過ぎた。

エリスは服飾の知識やセンスを買われ、軍服と制服の管理を任されるようになる。

竜たちのことも、身体の大きな寂しがり屋だとわかると怖くなくなった。

サリバンに「お買い物行こー」と誘われて帝都の中心街へ出かけるのは楽しいし、シーモアがにこにこして丸いケーキを食べているだけでエリスも嬉しい。飼育小屋へ行くたび幼生体のジェイドに小川の水をかけられるのはちょっぴり憂鬱で、フォンティーンの〝眠い眠い地獄〟

は猛烈につらいけれど。

三人の中堅バトラーは仕事ができて格好よくて憧れる。二年も先輩のオリビエは、同い年で気が合うから同期みたいに接してくれる。アナベルとメルヴィネ、可愛い後輩もできた。

危険な作業が多いバトラーの給与は高く、宿舎暮らしのエリスは必要ないため、毎月ほぼ全額を母親へ送っている。妹と弟からは元気に学校へ通っている旨の手紙が届く。

生後三か月目の家屋全焼から二十三年。ドラゴンギルドで働いて三年。エリスの受難はようやく終わったのだ。

そう思ったのに――。


「ハッ……、ハァッ。――エリス……」

「うわぁーっ！」

帝国暦一八七四年――。春の盛りの飼育小屋では白薔薇やイフェイオン、色彩豊かなルピナスの花穂が陽光を受けて煌めいている。約八か月前、魔狼たちによって破壊されたが、それを思い出させるものは残っていない。

風が緑葉を揺らして、さわさわという耳に心地いい音が鳴る。小川のせせらぎと、柔らかな若草の絨毯、咲き誇る色とりどりの花々。楽園のような飼育小屋でエリスは突如、風竜の裸体に伸しかかられた。

「ジェイド！」

長軀に押し潰されながら、アルカナ皇帝マリーレーヴェ三世の戴冠式に参列した帰り道のことを思い出す。ジェイドは幼生体にもかかわらず、大人の男であるエリスをひょいと抱き上げて言った。

『おれ、もうすぐ成体になるから。最近ずっと鱗が痒くて骨も痛いんだ、アンバーが成体になったときみたいに』

『えー！　そういう大事なことはまずリーゼさんとジュストさんに言って！』

驚くことに、この会話を交わした翌日——つまり今日、時刻は午後四時二十分、ジェイドは宣言通り成体のシルフィードになった。

大きな身体を震わせて唸り、キシッキシッと鱗を鳴らし、翡翠色の涙と激痛を伴って初めて人型に変容したジェイドは、エリスの首許に鼻先を埋めるようにして倒れている。心配でしかたないのに顔を見ることができず、ぐったりした裸体は物凄く重くて抜け出せない。

「フェアリーっ、お願い、誰か呼んできて！　できればリーゼさんとジュストさん！　ジェイドが成体になったって伝えて！」

「ウンッ。連れてくるっ、待っててね！」

フェアリーが慌てて飼育小屋を出て行き、メフィストが「じぇいど、へんしん、した！」と瞳をきらきらさせる。

己の不甲斐なさに涙が滲んできた。アンバーが成体に変化したときは、リーゼもサージェント法務将校もオリビエもいたのに。ジェイドのそばには頼りないエリス一人だけで、気が動転したエリスは碌に鱗も撫でてやれず、彼に怖い思いをさせてしまった。

「ジェイド、大丈夫っ？　どこか痛いとこはない？　おなかや頭は？　骨は？」

「ん……。平気」

「ほんと？　あぁ、よかった！　フェアリーがすぐ」

リーゼさんたちを呼んできてくれるからね――そう言って安心させたかったのに、息を呑んでしまう。

ゆっくり顔を上げたジェイドと、視線が重なった。

獅子の鬣に似た豊かな金髪がエリスの頬を撫でてくる。

揺れる長いまつげと、整った鼻梁。眦には美しい翡翠色の鱗が煌めく。

痛いくらいに、どきっと胸が高鳴った。形の綺麗な唇が間近に迫る。互いの吐息が唇にかかる至近距離で、ジェイドが口を開いた。

「おれ……、おれはエリスを――」

そのとき複数の声が聞こえて、エリスは咄嗟にざわめきのほうへ顔を向けた。

「ジェイドーっ！」

満面に笑みを浮かべるアンバーが、ダダダッと物凄い速さで走ってくる。ジェイドに飛びついた瞬間、エリスにも重みが加わって、「おふっ」と声が漏れた。

「成体になったあ！　すごいっ、すごーい！　嬉しい！」

「ははっ！　お待たせ、って感じ？」

飼育小屋で長く一緒に過ごした、仲よしの土竜と風竜の兄弟は頬をぐりぐり寄せ合う。本社に滞在中のリシュリー、フェアリーと手をつないだジュスト、そしてリーゼが駆けつけた。

「わぁ、なんて美しい竜なんだろう……！」

「ジェイドおめでとう！　すっごく綺麗！　世界一綺麗なんじゃない？　ねえっ、ボス！」

「ああ！　こいつは素晴らしい！　ジェイド、まさに神秘の造形だ！」

大人たちがなぜ興奮しているのかわからないようで、ジェイドはきょとんとする。ジュストまで抱きつき、さらに重みが増した。

竜が幼生体から成体へ変化する瞬間は歓喜と感動に満ちあふれていて、立ち会えるのは極めて稀で、皆が高揚するのも本当によくわかる。でもエリスは我慢できずに言ってしまった。

「……あの。僕、ずっと下敷きになってます。助けてください」

ジェイドが成体に変化したという吉報は一瞬で結社じゅうに伝わった。そこから約一時間が過ぎた、午後五時三十分――。巻き尺とクリップボードを持つエリスは、やや重い足取りで医務室へ向かっていた。

人の姿のジェイドと初めて目が合ったとき、なぜ激しく胸が高鳴ったのだろう。

ついさっきまで幼生体で、いつも通り膝枕をねだり、エリスの腰に前脚をまわして気持ちよさそうにまどろんでいたのに。

『おれ……、おれはエリスを――』

あんな真剣なまなざしをするなんて思っていなかった。ジェイドはなにを言おうとしたのだろうか。

医務室に着いたエリスは頭をぶんぶん振って雑念を追い払い、引き戸を細く開けて室内の様子をうかがう。にこにこ顔のサリバンとガーディアンとオーキッドが、同じ竜種の弟を囲んでいた。

「ジェイドったら、ずいぶん派手な仔だったんだねえ」

「おれって派手なの？　さっきまで執務室ってとこにいたけど、リーゼもずっと言ってた気がする。神秘の造形だとか、煌びやかだとか、なんとか」

「シルフィードはみんなだいたいこんなものだろう」

ガーディアンの言葉を盗み聞きしたエリスは、口をへの字に結んで首を横に振った。

火竜、水竜、土竜、風竜、雷竜――竜母神ティアマトーの息子たちは五種類に分けられ、シルフィードは気まぐれな性格の美男子が生まれやすいと聞いた。でも、ジェイドの派手さと美麗さは常軌を逸しているのではないかと思う。

今から身体計測をおこなうが、ジェイドの身長はガーディアンやサリバンと同じで、十五テナー（約二百センチ）ある。腕も脚も長くて筋骨隆々で、人型をとれるようになった竜が最初に着るスモックが、びっくりするほど似合っていない。

エリスの服飾好きの血が騒ぐ。ジェイドなら軍服はもちろんのこと、ウェスト・コート姿も似合うし、流行りの生地で仕立てた三つ揃いだって着こなせるに違いない。

小柄のオーキッドが爪先立ち、弟の髪をいじる。

「髪はぼくたち四機の中で一番くるんくるんだねっ。竜よりライオンの鬣っぽい！」

「オーキッドとアンバーって、思ってたよりちびだった」

「アンバーは知らないけど、ぼくはこの可愛い体型をキープしてるの！　丸くなったり、ジェイドみたいに急にのっぽになったり、そんなの絶対やだもん」

オーキッドたちと話しているあいだに身体計測を済ましてしまおう。エリスは引き戸をガラッと開けて四機のシルフィードに駆け寄った。

「軍服の手配するから、身体計測を……」

「あっ、エリス、お仕事の邪魔してごめんね」

ここにいてくれていいのに、ガーディアンたちは「またあとでな」「食堂で待ってるねぇ」

と手を振り出て行く。医務室にはジュストもいるけれど別室のラボラトリーで作業していて、たちまち二人きりになってしまった。

「どうしたの」

ジェイドは長軀を屈め、二・三テナー（約三十センチ）の身長差を一気に縮めてエリスを覗き込み、必要以上に美しい顔面をぎりぎりまで近づけてくる。ほかの竜にそんなことをされた記憶がなく、またドキッとして頬が熱くなった。

「は、測れないでしょっ、まっすぐ立ってて！」

「うん。わかった」

ジェイドは協力的で、椅子に座ったり、また立って腕を上げたりしてくれる。エリスは身体のあちこちを採寸し、クリップボードに挟んだ紙に書き込んでいく。大腿囲を測るために、しゃがんでスモックの裾を少し持ち上げ、腿に巻き尺をあてたときだった。

裾が揺れて、竜の生殖器がビンッと弾み出た。

まったく想定していなかった強烈な光景と、血管の浮き出た長大な茎が別の生命体に見えて、エリスは「ぎゃあ！　バケモノ！」と絶叫し、ドテッと尻もちをついた。

見上げれば、凶器みたいな男根の向こうでジェイドが得意気な顔をしている。

「おれ、これ知ってる。ペニスが勃起するって言うんだろ？」

「助けてくださいジュストさんッ‼」

命懸けで悲鳴をあげると、ジュストが急いでラボラトリーから出てきてくれた。

「どうしたのっ？　——あれれ、ジェイドもう勃起しちゃったの？　早いなあ、成体になって二時間も経ってないよ」

「おれのせいじゃないって。エリスが太腿に触ったせいで勃起したんだよ。サリバンとガーディアンが言ってた通りだ、痒いし、すごいむずむずする。これを魔物や人間の濡らした孔に入れてこすったら抜群に気持ちいいんだって。おれ、エリスの孔に入れたいな」

「そういうことばっかり先に教えるの、シルフィードのお兄ちゃんたちらしいよね」

「おれの最高に気持ちいいは〝バトラーの膝枕で日向ぼっこ〟なんだけど、孔にペニスを入れてこするのって本当に日向ぼっこより気持ちいいのかな？　おれはまだ疑ってるんだ」

「あはは—、ジェイドってば色気たっぷりの綺麗な貌して可愛らしいこと言うねえ。そういうとこ大好き」

肩を揺らして笑うジュストの背に隠れ、エリスはぶるぶる震えた。

絶世の美丈夫の中身はまるで幼生体で、日向ぼっこの心地よさと性的快感を真剣に比較する無邪気さが恐ろしくてたまらない。

ジュストは耳が蕩けるような甘い声で、エリスを巻き込むのだけはやめてほしい。

「勃起したからって、勝手に誰かの孔に入れちゃだめだよ。もちろんエリスのおしりの孔に入れるのも絶対だめ。ボスが怒り狂って、鉞でジェイドのペニス叩き潰すからね」

「なにそれ、ひどすぎない？　リーゼってそんな凶暴だったっけ。今までみたいにエリスに膝枕してもらうのはよくて、孔に入れるのはだめなんだ？　なにが違うんだろ……同じじゃないの？」

「同じじゃないよ。違いは、怖いかどうかだよ。竜には難しい話だけど聞いてね、膝枕をするのは平気でも、孔にペニスを入れられるのを怖いと思う仔はたくさんいるの。ボスはジェイドのこと溺愛してる。でも、きみは成体の竜だ。勝手に誰かの孔にペニスを入れて、その仔の身体と心を傷つけるような真似したら、ボスは本当に鉞を持ち出すよ。脅しじゃないからね、気をつけて」

「えぇ……。難しいな……」

「萎えちゃったね。でもそれが人型のときの普通の状態だよ。軍服を着て任務することも増えていくから、今の感覚をよく憶えていてね」

「はぁい……」

ジェイドが拗ねた声で返事をして、ジュストはにこっと笑う。

知的で淫らな中堅バトラーは、感覚のずれた竜たちから放たれる、あらゆる猥言や交尾の話を快く受け止め、優しく答えて導く。竜の勃起した性器を見ても当然いっさい動じない。オリビエ、エリス、アナベル、メルヴィネは敬意を籠めてこれらを〝ジュスト技巧〟と呼ぶ。名づけたのはエリスだ。

ジュストはエリスが本気で怯えていると察し、残りの身体計測に立ち会ってくれた。そうしてジェイドの頭から爪先を眺めては「うぅん、イイ雄！」と感嘆して唸る。

「見れば見るほど綺麗で最高にイイ雄。ボスもすっごくご機嫌だもんね。髪の量がほかの仔たちよりちょっと多いかな？　それもセクシーで可愛いけど」

「ボリュームありますよね。軍帽をかぶるとき以外はハーフポニーテールにしようかな。三つ編みを何本か作ってお洒落にして……」

退屈そうに座っているジェイドの金髪の上半分を、角にぶつからないよう左右から掻き上げて後頭部の高い位置で束ねる。髪を適当に梳い、数本の細い三つ編みを手早く結う。

「わぁっ、素敵！　似合ってる！　さすがエリス」

「どんなの？　見たい」

ジェイドは全身が映る鏡の前へ行き、束ねられた髪をちょんちょんと触ったり、腰を捻って後ろ姿を確認したりして、最後に首をかしげた。

スモック姿の大男へ愛情のまなざしを向けていたジュストが言う。

「僕、ボスのところへ行くね。アンバーちゃんが成体になったときと同じ流れでお願いしていい？　食堂と、バスルームの使いかたと歯磨き。巣はキュレネーの隣が空いてたよね」

「……はい」

「あはは、安心して、強めに言っておいたから、今日はおしりにジェイドのペニス入れられることはないよ」

ジュストさん、『今日は』ってなんですか——凄く訊きたいけれど訊けない、ちっとも安心できない台詞を残して、魔物専門の医師は筆頭バトラーの執務室へ向かった。

食堂では竜の兄弟とバトラーとコックたちが、ジェイドが来るのを待ってくれていた。

「ジェイド、おめでとう！」

「わぁ……格好いいなあ！」

「なんか、すげえ派手じゃねえ？」

「ほんとだー、髪だけじゃなくて顔もきらきらしてるね」

たちまち兄弟とバトラーの輪ができる。いつも幼生体を世話しているメルヴィネやアナベルは嬉し涙を拭っていた。

シャハトとキュレネー、アンバーたちとテーブルを囲んだジェイドは、「僕のミートボールあげる」「これ美味いぜ」と、兄竜がどんどん盛る料理をもりもり食べていく。

楽しく夕食をとったジェイドだが、自身の巣に入った途端つまらなそうな声を出した。

「棚が全部がらがら」

「うん、これからジェイドの好きなものでいっぱいにしていくんだ。本とか、きらきら光る雑貨とか、町や鉄道の小型模型なんてどう？　サリバンもガーディアンもオーキッドも、シルフィードはみんな帝都の中心街へ遊びに行って買い物をするのが好きだよ」

「買い物か……。おれは風がよく通る芝生とか、いい匂いがする花の木が好きだな。でもエリスが街のほうがいいなら、街へ行く」

「いや、そうじゃなくて、竜の行きたいところに僕たちバトラーが同行するんだよ……」

「ふぅん」

二人きりになると調子がおかしくなってしまう。でもこれはジュストから任された大切な仕事だった。気持ちを切り替えたエリスは、持ってきた籠を絨毯に置き、軍服やシャツを取り出してソファに並べる。

「今日は疲れただろ？　シャワーを浴びて早めに休もう」

「シャワー？　水浴びのことだっけ。どこにあんの、教えてよ」

「うん。バスタオルと歯ブラシを持ってね、バスルームはこっち」

広いバスルームには全身が映る縦長の鏡がある。まじまじと覗き込んだジェイドは片手を頬に添えてつぶやいた。

「さっきもバーチェスとシャハトに言われた。おれの顔ってそんなに派手……？」

スモックを脱いでバスタブに入るよう伝え、バルブをひねる。温かいシャワーが竜の裸体を濡らし、もくもくと立ち上った湯気が風呂場に広がっていく。

バスタブに溜まりはじめた湯をパシャッと打つ姿が、飼育小屋の小川で水浴びをする幼生体と重なった。

「成体になったんだし、もう僕に水をかけたりしないでよっ」

おどけたエリスにジェイドも面白(おもしろ)がって、ごく少量の湯をかけてくると思ったが、違(ちが)っていた。おとなびた声で「水？　もうかけないよ」と言い、ふっと笑う。

ジェイドはバスタブの縁(ふち)に片腕(かたうで)を乗せた。

隆起(りゅうき)した筋肉と、美しく輝(かがや)く翡翠色(ひすいいろ)の鱗(うろこ)。

金色の長いまつげも、形の整った唇(くちびる)も、一様に水滴(すいてき)を纏(まと)う。

大きな手で濡れたブロンドを掻き上げるその仕草が、ひどく艶(なま)めかしい。数時間前まで幼生体だったとは思えないほどに。

顎先(あごさき)から雫(しずく)が滴(したた)り落ちる。ジェイドはわずかに表情を硬(かた)くしたようだった。

「おれ、もっと早く成体になりたかったんだ。今日でも遅(おそ)いくらいだ。夏に飼育小屋が壊(こわ)されてメフィストが攫(さら)われてから、毎日『成体になれ！』って強く思ってきたのは、自分の手でエリスを守るためだよ」

「僕、を……？」

「うん。あのとき、エリスたちが怖がってて、フェアリーが大泣きしてても、おれはなにもできなかった。なんでおれは幼生体なんだって、めちゃくちゃ悔(くや)しかった。リーゼや兄弟はもう忘れたかもしれないけど、おれは、自分が弱かったせいでちびが攫われたことも、飼育小屋が壊されたことも絶対に忘れない。エリスたちに、あんな怖い思い二度とさせないから」

真剣な思いとまなざしを向けられて、どきどきと鼓動が速くなる。

ジェイドは、幼生体では決して口にできない言葉をこぼした。

「成体になったから、水はもうかけない。水じゃなくて精液をかけたい。エリスの中に」

「……っ」

魔力や特別な嗅覚を持っていない、平凡な人間のエリスでもわかる。ジェイドの股座や厚い胸板からあふれてくる、濃厚な雄の竜の匂い。

「エリスの中に精液かけたいけど、勝手に尻の孔にペニス入れるなって、ジュストに叱られたばっかりだしな……。エリスが『ペニス入れていいよ』って言ってくれたらめちゃくちゃ嬉しいんだけど。言うのはおれだけにして。ほかの魔物や人間や兄弟には絶対に言わないで」

妖しいほどの端麗さを見せたり、真剣なまなざしを向けたりしてきたジェイドが、自身の腕に顎を乗せ、上目遣いをして「入れるの、だめ？」と甘えた声で訊ねてくる。

「………」

竜に惑わされるな――リーゼとジュストに繰り返し言われてきたが、エリスを惑わせるような竜はいなかった。サリバン、サロメ、ガーディアン、フォンティーンたち、美しい竜は見慣れている。幼生体は神秘的で愛らしく、リーゼたちが宝物のように大切に育てているのがわかるから、エリスも持ち得る限りの愛情を注いできた。

その幼生体だったジェイドに、惑わされる日が来るなんて――。

真っ赤な顔で身体を強張らせていたら、濡れた手が伸びてきて、指先で鼻をキュッと摘ままれた。「うぶ、っ」と声が出て硬直から解放される。

「シャワー飽きた。一匹で浴びててもつまんないし」

「あっ。……え、えっと、泡を全部流して、バルブはしっかり閉めて、水やお湯を溜めたときは栓を抜くんだ。バスルームを出るのは身体をしっかりバスタオルで拭いてからね、巣のあちこちが濡れちゃうからさ」

「成体になるとこういうのも自分でしなきゃだめなのかあ。幼生体のときはエリスたちが全部してくれてたのに。びしょびしょの髪もバスタオルで拭くの？　面倒くさい」

「サリバンもガーディアンも自分で風を作って、一瞬で乾かしてるよ」

「あっ、そっか！　そうすればいいのか」

長い指から小さな翡翠色の風が生まれて、濡れたブロンドを包み込む。次の瞬間には金髪はふんわりと膨らみ、獅子の鬣のようになった。

次に教えた歯磨きを「これはわりと好きかも」と楽しんでいたジェイドだが、竜専用の広い寝台の前に立つと眉を曇らせた。

「こんな芝生も苔桃もないつるつるしたとこで、おれ一匹で寝るの？　落ち着かないなあ。眠れなそう。アンバーが飼育小屋に戻った気持ち、よくわかるよ」

「……」

約一年前、成体になったばかりのアンバーを独りにしてしまったエリスは、その失敗からさまざまなことを学ばせてもらった。

成体になりたての竜は、がらんとした巣や寝台に不慣れだ。寂しがらないよう手をつなぎ、髪や頭を撫でて、安心して眠るまでそばにいるのがバトラーの仕事――。

「明日からの研修がんばろう。おやすみ……」

大切な仕事が残っているのに、風呂場でジェイドに惑わされたことが怖くなり、逃げてしまった。

宿舎の自室に戻っても、頬の熱と罪悪感が消えてくれない。

ひどく後悔したエリスは、夜明け前に飼育小屋を見に行った。そこにいたのは身体をくっつけ合って眠るフェアリーとメフィストだけだった。

巣で独り、眠れないまま夜を過ごしたのだろう。ジェイドは午前六時三十分ちょうどに、豊かで美しい金髪をぼさぼさにして、大あくびをしながら食堂へやってきた。

ジェイドの七日間研修が始まる。

十分休憩を一緒に取ったオリビエとエリスは、裏庭のベンチに並んで座った。

「ジェイドがあんなド派手な美竜になるとはなあ。ちょっと前まで飼育小屋でエリスにばっかり水かけてたのが嘘みてえだ。兄弟ナンバーワンの別嬪なのに、ジェイドだけがそれを理解できてない。見て呉れに興味がないんだろうな」

オリビエはドラゴンギルドの作法と規律に関する講師を担っていて、ジェイドを相手に講義をおこなった。

「受け答えははっきりしてるし、好奇心や学ぶ姿勢もある。すげえ気分屋だけど、それがシルフィードの特徴だしな。温室育ちの箱入り——純粋無垢なところはアンバーとまったく同じだ。講義中、部屋に入ってきた野鳥と会話しだしたときは面食らったぜ。『飼育小屋に棲んでる鳥。おれが飼育小屋にいないから捜してた』だってよ……。ま、昔のシルフィードの兄貴たちみたいに夜な夜な歓楽街に行かれるより、ギルド内で小鳥や蝶々と戯れてくれてるほうがバトラーとしてはずっと安心だ」

オリビエの評価はひとつひとつが尤もだった。膝を抱え、顔を伏せているエリスは何度も小さくうなずいた。

マッチを擦る音が聞こえて、紙巻き煙草の甘い薫りが漂ってくる。

「水じゃなくて精液をかけたい、か……成体になったあいつが言いそうなことだよな」

「僕、どうしたらいい……？」

「尻を死守しろとは言わねえ。まず無理だからな」

「え」

いきなり絶望を突きつけられたエリスは、低い声を漏らし顔を上げた。

「竜が所有するって決めたら、そいつはもう竜のものだ。相手は世界最強の魔物、逃げられねえし勝ち目もない。理不尽だが諦めろ。俺がエリスに言えるのは」

そこで一旦言葉が切れる。エリスは縋るように助言を待つ。

オリビエは、紅い唇から甘ったるい煙をぶわーっと吐いて言った。

「尻を大事にな。よく労わってやれよ。みんな知ってることだが竜の一物は、ばかでかい。そしてシルフィードの行為はくどくてしつこい」

恨み言が大いに含まれた、とんでもない言葉を残してオリビエは現場へ戻る。

エリスは涙目になりながらも、格好よく去っていく同僚の尻に釘付けになった。

経験者は背で……否、尻で語る――。

「でも、できれば知りたくなかった……。なにも解決してないし……」


ジェイドは七日間研修を終えた。アルカナ皇帝に謁見を賜り、ドラゴンギルドに戻ったその足で初任務へ向かう。

担当バトラーのエリスがアナウンス室で待機していると、珍しくリーゼが入ってきた。

『第二ゲートよりジェイドが出動します。近くにいるバトラーはセーフエリアまで一旦下がってください』

中央のゲートから姿をあらわしたシルフィードの美麗なさまに、エリスは息を呑む。

鋭い角も、神秘的な翡翠色の鱗で覆われた巨体も、兄竜たちに引けを取らない。青碧色の翼と、風を編むための長い鉤爪。

春風が吹いて、豊かな黄金の鬣が揺れ、翡翠色の星屑がきらきらと舞う。

バトラーたちの感嘆の声がアナウンス室まで聞こえてくる。ジェイドは翼を広げてすぐに風をとらえ、高く飛翔した。

「いい竜だ」

リーゼの短い言葉に、エリスまで誇らしくなった。

しかし、ひどく心配なことが起こる。帰還予定時刻を四十分過ぎてもジェイドが帰ってこない。防護服を着用し、オーバーホールと洗浄の準備を整えたレスターとエリスは、第三ゲートのバルコニーに立った。

レバーをガチャリと倒し、誘導灯をつける。

「おや。様子がおかしいですね」

望遠鏡を覗き込むレスターの隣で、エリスも目を凝らした。夕焼け空に輝く巨星は翡翠色ではなく、水色と琥珀色をしている。

「ジェイドじゃない。二機……？」

「サロメとシャハトです。ジェイドは人型をとり、サロメの背に横たわっているようです」

「ど、どうしたんだろうっ」

「なにかトラブルが起きたのでしょう。幸いゲートは空いているのでシャハトを第二ゲートへ誘導します。エリスは至急リーゼさんと主任を呼んできてください」

「うんっ！」

――ジェイドは、超大型物資の輸送という任務に失敗してしまった。

飛び慣れていない状態で丸太などの建材を大量に背に積んだため、飛行中にバランスを崩したという。思うように動かせなくなった翼をどうにか羽ばたかせ、魔物や人間がいない場所を選んで落下した。兄竜に出血を確認してもらうほうが正確だと考え、速やかにサロメに助けを求め、近くを飛んでいるシャハトにも助力を頼んだ。

ジェイドに出血は見当たらなかったが、念のため水竜の聖水を浴びる。建材はシャハトが予定地へ運び、事なきを得たそうだ。

サロメから話を聞いたリーゼはまったく怒らずに、『ちょっと行ってくる』とギルド専用車に乗り、テオの運転で落下現場と建材会社へ向かった。

軍服に着替えたサロメが、心配してエリスにも説明してくれた。

「ジェイドは出血も怪我もなく、身体は大丈夫なのですが、相当なショックを受けているようです。帰還中も、謝る以外は黙って私の鬣を握るばかりで……」

「そうだったんだね……。落ち込んでるのは可哀想だけど、血が出なくて本当によかった」

「はい。出血しないことがなにより重要ですから。失敗は誰しもするものです。ジェイドは失敗に対し、自身の判断で最善の対応を取ることができました。これからが楽しみですね」

「ありがとうっ、サロメ！」

綺麗に微笑んでくれた、聖母みたいなサロメにぎゅっと抱きついたあと、エリスは食堂へ向かう。

帰還後は春の中庭でアフタヌーン・ティーをする予定で、ジェイドは楽しみにしていたが、取りやめるしかなさそうだった。コックに頼んでサンドイッチとティーセットを用意してもらい、巣の扉を叩く。

「ジェイド。起きてる？」

寝台の毛布が、こんもりと盛り上がっていた。完全に潜り込んだつもりなのだろうけれど、豊かすぎる髪を覆いきれず、はみ出ている。

「初めてのアフタヌーン・ティーのために、コックたちがジェイドの大好きなキューカンバー・サンドイッチをたくさん作ってくれてたんだ。一緒に食べようよ。あったかい紅茶もあるよ」

毛布の小山がぴくりと揺れたが返事はない。銀のトレイを応接セットのローテーブルに置き、椅子を寝台まで運んで座る。

「すぐ兄弟を呼んだジェイドの判断は正しかったって。サロメもみんなも褒めてたよ。リーゼさんが落下現場や会社に行ってくれたからね、もう大丈夫」

ジェイドはようやくもぞもぞ動きだした。頭まで毛布をかぶったまま、エリスのほうへにじり寄ってくる。

「……任務を果たせなかったのが、いやだ。もう少しで人間たちの棲み処を潰すとこだった。おれのせいで魔物や人間が危険な目に遭うのは絶対いやなんだ。守るものを傷つけるなんて変だから」

ところどころ幼生体の名残があるジェイドだけれど、竜の守護の本能がきちんと働いている。嬉しくなったエリスは、もぞもぞしている毛布をポンと叩き、いつもの元気な声で言った。

「明日からも一緒に仕事がんばろ！　任務を遂行するジェイドのことを、僕たちバトラーも全力でサポートするからね」

ジェイドが毛布をめくり、彼の顔を見たエリスは少しだけ驚いた。落胆していると思ったがそうではなく、唇を尖らせ、美貌に拗ねた表情を浮かべている。

「アンバーに、成体になったときのこと聞いたんだ。夜、寂しくて眠れなかったらエリスたちが手をつないでくれたって。なんでおれとは手をつないでくれないの」

「それ、は……、わぁっ」

毛布から手が伸びてきた次の瞬間には寝台に引き込まれていた。裸の長躯が覆いかぶさってくる。

「こら！　なにするんだっ」

「アンバーはエリスと一緒に寝たこともあるって言ってた。ずるいよ、おれとは毎晩一緒に寝て」

「あれは一緒に寝たんじゃなくて、仕事中だったのに僕がうっかり……、それにアンバーとジェイドは違うだろ」

「違う？　どこが？　なにがどう違うの？」

「う……。——ちょっ、と」

答えに窮しているあいだに、広い寝台の真ん中へ連れて行かれた。積まれたクッションに凭れる形で座らされる。

バトラーの腰に前脚をまわして抱きつき、上目遣いで甘えるのは幼生体特有の癖だ。うつ伏せになったジェイドは幼生体とまったく同じ動きをして訊いてくる。

「おれとアンバーどっちが好き？」

「そういう訊きかたはよくないと思う。僕はジェイドもアンバーも大好きだよ」

「おれのこと大好き⁉　だったら尻の孔にペニス入れても怖くないよな？　やった！」

「違うー！　ウッ、近い……。顔面が整いすぎてて恐ろしい……」

迫ってきた美顔を必死で押し戻す。ずば抜けた美男子である自覚がないジェイドは、エリスの掌を顔にくっつけたまま「え？　どういう意味？」と首をかしげ、股間をゴリッとこすりつけてくる。

「うわぁー！　硬くするなっ、押しつけるなーっ」

「シルフィードのペニスは長いのが特徴なんだって。『これを使って気に入りの魔物や人間たちの孔を奥まで激しく突いてやるといい。みんな泣いて悦ぶ』ってガーディアンが教えてくれたんだ」

常人には聞くに堪えない猥談を、日常会話みたいに繰り広げないでほしい。エリスは〝ジュスト技巧〟を習得できていないのだ。

「でも、『気に入りの魔物や人間たち』って言われてもなあ。おれ、エリスにしか勃起しないんだよな。ねえエリス、いつ交尾する？」

生々しい言葉にエリスは硬直し、ジェイドはがちがちに強張った身体を嬉しそうに抱きしめ、金色の瞳をとろんとさせる。

「エリスに鱗つけたくなってきた……。おれの鱗、エリスから見てどう？　好き？　何個つけたい？　耳飾りとか髪留めとか、指輪とか」

竜の鱗は所有の証だ。いよいよ混乱を極めたエリスは「今は間に合ってます……」と、自分でもよくわからないことを口走ってしまった。

「じゃあ初めて交尾した記念につけよっと」

今どきの若い竜は細かな記念日を気にするらしい。惑乱するエリスを置き去りにして話がどんどん進んでいく。つい先ほどまでショックを受け、毛布の中で丸まっていたジェイドが、上機嫌になって声を弾ませた。

「よしっ、明日からも任務がんばろ！　今日みたいなトラブルとか、わからないことが起きたらすぐ声かけてこいって、兄弟みんなが言ってくれたんだ、めちゃくちゃ心強いよな。エリスとの交尾のことも、もうちょっといろいろ知りたいんだよなあ。エリスはどんなことが好きになるんだろ？　おれに乳首を吸われたり、おれにペニスしゃぶられたり、おれに尻の孔が柔らかくなるまで舐められたりするのは絶対に好きになると思ってる」

「……………」

成体になったばかりのシルフィードは若さと積極性に満ちあふれていて、仕事にも性行為にも意欲的で、話の内容がどれほど卑猥で強烈でも、きらきら眩しい。

リーゼに『神秘の造形だ』と言わしめた顔面に極上の笑みを浮かべて言う。

「おれ、エリスがとろっとろに蕩けるくらいの優しいセックスするからね。怖いこと絶対しないよ、一緒に気持ちよくなろ」

「セッ……！」

があん、と頭を殴られたような衝撃を受けた。飼育小屋でエリスに小川の水をかけ、キャッキャとはしゃいでいた彼の口から「セックス」などという言葉が出てきて、なぜだろう、涙が滲んでくる。

世界最高クラスの美貌が近づく。顔を逸らすこともできないまま唇と唇がくっついて、ふに、ふに、と二度食まれた。

「やっとキスできた。エリスの唇、柔らかい」

ジェイドは色気満載の貌で「へへっ」と無邪気に笑い、エリスの瞳からぽろりとこぼれ落ちた涙を舐め取る。

「ハァ、可愛い。おれのエリス……おれだけのもの」

大混乱と恥ずかしさでクラクラする頭の中に、オリビエの言葉がこだまする。

――竜が所有するって決めたら、そいつはもう竜のものだ――

逃れることは叶わないとわかっていても、叫ばずにはいられなかった。

「たっ、助けてー!! ――んっ……、ぁう……」

叫んだはずのそれが、ふたたび重なってきたジェイドの唇に吸い取られる。

帝国暦一八七四年、春――。こうしてエリスの甘い受難は始まった。

ふぁーくんとモンくん

Dragon-guild Series

ドラゴンギルド本社に滞在中のファウストは、溺愛している風竜の卵を片時も放さない。卵を抱えて食事をとり、一緒にシャワーを浴び、夜はリシュリーに卵を抱かせ、ファウストはリシュリーを抱いて眠る。

ひとまわり大きくなった緑色の卵の中で、幼生体は毎日活発に動いていた。嬉しそうに口をぱくぱくさせる幼生体と、彼をじっと見つめるファウストは、殻越しに会話しているようで微笑ましい。

帝国暦一八七四年の春、竜結社には喜ばしい出来事がつづいた。アルカナ皇帝マリーレーヴェ三世の戴冠式の翌日、ジェイドが感嘆するほど美麗な成体の竜になり、さらにその九日後、卵がぴかぴかと輝きだした。

それは、初めて見るリシュリーでも孵化の前兆だとわかるくらいの眩い光だった。

「飼育小屋で孵化させるとリーゼが言っていた。ファウストは先に行っておいて、私は急いで皆に伝えてまわるから」

「わかった」

春の早朝、時刻は午前五時三十分——。ファウストは輝く卵を両手で包んで飼育小屋へ向かい、リシュリーはリーゼたちの巣の扉を叩いた。

同じ竜種の弟が増えることに大喜びするサリバンが「もう兄弟たちに言ったよ！」と伝達の魔力を使い、いそいそ走っていく。リーゼとリシュリーはバトラーの宿舎に寄り、身支度をしていたテオに声をかけ、死人と見紛うほど熟睡するレスターを叩き起こして、四人で飼育小屋へ向かった。

「名前は決まったのか？」

「決まってはいるが私も教えてもらってなくて。孵化した仔に直接伝えたいみたいだ」

幼生体の名前についてリーゼに相談を持ちかけたのは、戴冠式の翌朝、二人で長時間の打ち合わせをしたときだった。

『あの……。ファウストが、孵化してくる仔に名前をつけたいと言っていて……。フェンドールの書庫に入り浸ったり、本社に来たときは国立図書館へ通ったりして、膨大な数の名前や由来を調べているんだ。難しいとは思うが、どうか許可してもらえないだろうか……』

リーゼが無類の魔物好き・竜好きであることは周知の事実で、ギルドで生まれた幼生体に必ず彼が名をつけることも知っている。リシュリーは戴冠式でアルカナ皇帝に宝珠を手渡すという大役を担ったが、正直なところあのときよりも名付け親の件を相談するほうが緊張した。

パイプを咥えるリーゼは、少し思案して言った。

『ファウストが見つけた卵だしな。かまわねえぜ』

『ありがとうっ……』

許可を得られて安堵する。しかしさらにもうひとつ、名付け親の件とは比べものにならないほど重要なことをリーゼに伝えなくてはならなかった。それはリシュリーにとって最大級の任務なのだが、勇気が出ず、遂行できないまま今に至っている。

「リシュリーさんとファウストがフェンドールへ帰るのって、明後日ですよね？」

テオに訊かれたリシュリーは追憶をやめて「うん、そうだよ」とうなずいた。

クリップボードを持ち、一歩先を進むリーゼが振り向いて笑う。

「孵化に立ち会えてよかったじゃねえか。おまえたちがいるときを見計らって孵化するとは賢い仔だな。今日と明日、充分に触れ合って帰るといい」

「……う、うん」

やはり、無理だ。

リシュリーは最大級の任務を遂行できない。

ファウストが孵化した弟竜をフェンドールへ連れて帰ると決めているなんて、絶対リーゼに伝えられない――。

朝陽が射しはじめた飼育小屋に竜とバトラーが集まり、卵を中心に二重の輪ができた。胡坐をかくファウストが、柔らかな草の上に卵を置き「出てこい」と呼びかける。

すぐに孵化するものだとリシュリーは思っていた。だが、前脚で虹色の鱗を握る幼生体は、なかなか殻を割ることができない。

竜の卵を保護しても孵化に助力しないのは、魔女が多く棲息していた昔からの決まりだと聞いた。自力で殻を割ることもできない弱い竜が魔物や人間や世界を守護できるはずもなく、卵が腐って死ぬのは自然の摂理であるという。

だからファウストも兄弟たちも、竜を溺愛するリーゼも、いっさい手を貸さない。内側から体当たりをしたり叩いたりするけれど、どうしても割れなくて幼生体の瞳が潤みはじめる。

「孵化するにはまだ早いか？」

「ううん、これだけ輝いてる、孵化するなら今だよ。いま孵化しないと腐ってしまう……」

リーゼとジュストの会話から「腐る」という言葉が聞こえて、リシュリーが戦慄を覚えたときだった。

ナインヘルに抱かれて高いところから様子を見ていたメフィストが、リピンを頭にくっつけたまま長軀を伝いおり、テテテッと卵へ駆け寄った。リピンと一緒に元気いっぱい励ましてくれる。

「あかちゃん、だいじょうぶ！　泣かなくていいよ！」

「にーちゃんのまね、して！　こうだよ！　ウーンッって！」

メフィストが短い後脚を折り曲げてしゃがみ、勢いよく立ち上がって、後頭部と背で殻を押し上げる仕草をする。幼生体がメフィストと同じ動きをして「ウーンッ」と力んだ瞬間、パキ、と外殻に小さな亀裂が入った。

「割れたぞ！　あと少しだっ」

「がんばれ、がんばれ！」

　そこからは早かった。亀裂はおのずと広がり、みっつに割れた外殻から幼生体がころりと転がり出て、わあっと歓声があがる。

「なんて可愛らしいんだろう……！」

　濡れた翼とまだ柔らかい半透明の鱗、大きな金色の瞳が、朝陽を受けてきらきらと煌めく。

　幼生体は不思議そうに兄竜やバトラーたちを見上げた。よく知っているメフィストとリシュリーへ笑顔を向けて、おぼつかない足取りでファウストの胡坐によじ登る。

　大好きなファウストの腕に包まれて安心した幼生体が、目を糸のように細めて「ふぁー」とあくびをした。その素晴らしい風景が喜びの涙でぼやけていく。

「ファウスト、外界と馴染ませるために少量の殻を食べさせましょう」

「わかった」

　サロメの優しい声のあとに、ファウストが殻を割る音が聞こえた。レスターが、最新型の手持ちカメラのシャッターをバシャバシャと切る。

　一年と少し前にメフィストの孵化に立ち会ったからだろう、皆、余裕があって笑顔ばかりだった。竜の孵化を初めて見たリシュリーだけが「うっ、うっ」と激しく嗚咽している。ファウストが幼生体に殻を食べさせるところを見たいのに、涙がぼろぼろこぼれてきてはっきり見えない。

「はは、リシュリーさま大丈夫ですか。神秘的でめちゃくちゃ感動しますよね」

「ううっ……すまない、ありがとう。洗って返すよ……」

オリビエからハンカチを借り、涙でびしょびしょになった顔を拭いて洟をかむ。

リーゼは、リシュリーが落ち着くのを待って言ってくれた。

「新しい兄弟の名前はファウストが発表する」

清らかな朝陽と甘い花香で満たされた飼育小屋に、一瞬の静寂が訪れた。

ファウストが、腕の中の幼生体へ愛情いっぱいの視線を落とし、唇を動かす。

「名前は、モンスーン。――M、O、N、S、O、O、Nと書いて〝モンスーン〟と読む」

リーゼがペンを走らせる。〝MONSOON〟と書いたクリップボードが掲げられ、エドワード老もフォンティーンも、バーチェスやシーモアたちも皆が嬉しそうに「モンスーン……」と口にした。

エリスとアンバーが笑顔を交わし合う。

「不思議な響きの名前！　お洒落だね！」

「うんっ！　ねえファウスト、どんな意味があるの？」

「弟のために時間をかけていろいろ調べた。モンスーンとは、この国から遠く離れた東南の大地に吹く、豊かな雨を齎す風の名だ。弟はいつか成体のシルフィードとなり、雨を含んだ風をデュシス・エンドに吹き渡らせるだろう」

「豊かな雨を齎す風、モンスーン――素晴らしい名だ」

「ファウスト、ありがとうな……！」

ガーディアンとオリビエはともに感激して喜び、クリップボードを脇に挟むリーゼが「なかなかセンスあるんじゃねえか？」と、なぜか得意顔をした。

オーキッドとサリバンとジェイド、煌びやかな風竜の三兄弟はくっついてしゃがんでいる。ジェイドの腕の中にいるフェアリーがにこにこして言った。

「モンスーン、可愛いね。おちびちゃん」

「すごいちびだなあ。でもフェアリーが孵化したときはもっと小さかったよ、おれ憶えてる。可愛かった」

「本当に素敵な意味が籠められた名前だねえ。さすがファウスト」

「うんっ。モンスーンだからー、渾名は〝モンくん〟だね！」

オーキッドの花びらみたいな唇から生まれた愛らしい渾名に、モンスーンのまわりは明るいざわめきに包まれた。シャハトやキュレネーがさっそく「モンくーん」「おはよう、モンくん」と呼びかける。

普段あまり表情を変えないファウストが、優しく微笑んで言った。

「……モンくん」

リシュリーは、激しいときめきと愛しさでズキュウ…と痛む胸を押さえる。ふらふら揺れる身体を、メルヴィネとアナベルが「リシュリーさまっ」「わかりますっ！」と支えてくれた。

うしろからナインヘルとサロメの会話が聞こえてくる。

「あいつら三匹揃ってなにやってんだ？」

「楽しそうでなによりですね。モンスーンも、メルも小さくて可愛いです。ふふ……」

飼育小屋を出て食堂へ移動しても、脱衣室で打ち合わせが始まっても、皆がにこにこ笑顔だった。

「みんなの気持ちはよくわかる！　俺も嬉しい！　でも頼むから仕事に集中してくれぇー」

現場主任のテオが嘆いて、また穏やかな笑い声が立つ。リシュリーはバトラー業務に専念しようと思ったが、まるで駄目だった。口許が緩んだまま書類を作成したり、何度も飼育小屋を覗いたりしているうちに、あっという間に夜が来た。

入浴を済ませて寝台へ近づくと、裸のファウストが腰まで毛布をかぶり、モンスーンを抱いて熟睡していた。小さな身体を守るように抱いて眠る兄竜と、褐色の逞しい腕の中で鼻をプゥプゥ鳴らして眠る弟竜を、永遠に見つめていたい。

「私も最新型の手持ちカメラが欲しい。どうしても欲しい。よしっ、レスターに相談しよう」

独り言のわりに大きな声を出してしまって、ファウストが一瞬まぶたを開き、また閉じる。

夢の中にいる彼が寝言みたいなものを言った。

「リシュリーと、モンくん……一緒に、抱っこ……する」

「うっ」

リシュリーはまた胸を押さえる。このような激しいときめきと愛しさに襲われてばかりで、私の心臓は持つだろうか——真剣に考えて、ファウストの広い背に顔をくっつけ、モンスーンのプゥプゥという寝息を耳にしながら眠った。


半透明だったモンスーンの鱗は、翌日には固まって安定した。エメラルドでできているようで美しく、ひとつひとつが小さくて、たまらなく愛らしい。

「モンくん！　にーちゃんのあと、ついてきて！」

「キャーア！」

時刻は午後四時——。ミモザがたわわに咲きこぼれ、チューリップが揺れる中庭に、可愛らしい雄叫びが響く。

今日は中庭に多くの竜とバトラーが集まった。

幼生体のフェアリーはレスターの腕の中におさまって本を読んでもらっている。シーモアとエリスはアフタヌーン・ティーを楽しむ。

「モンくんはケーキ食べないかなあ？　僕の丸いケーキ、一緒に食べたいな」

「孵化したばっかりだもんね、ケーキを分けて食べるのはモンスーンがもう少し大きくなってからね。今日はシーモアが全部食べて」

「はぁーい」

アナベルとエドワード老とリシュリーはベンチに並んで座る。ファウストは胡坐をかき、ナインヘルは芝生についた片肘で頭を支えてごろりと横たわっていた。

「メフィストのやつ張り切りすぎだろ。なぁにが『にーちゃん』だ、びーびー泣いてばっかのくせに。一年なんか歳の差にならねえよ」

「あははっ……」

二機の幼生体はわんぱくで非常に忙しない。

メフィストが「じーちゃん！」と叫んでエドワード老の丸い腹を登りだすと、モンスーンも真似をして「ジーィ！」と叫び、メフィストのあとを追う。老齢の兄竜の豊かな赤髭をぎゅっとしたあと、巨体を滑り落ち、庭の中ほどまでころころ転がっていく。

「モンくんのとーちゃんは、ふぁうすとでしょ！　めふぃすとのとーちゃんはね、あなべるだよ！」

「トーチャ、チガウ。ふぁーくん」

「うそ！　ふぁうすとはぜったい、モンくんのとーちゃんだよ！」

世界一可愛い会話の中に、聞き流せない単語があった。

――〝ふぁーくん〟……とは？

モンスーンがファウストのことを呼んでいるとしか考えられない。

またズキュウ…と痛んだ胸を押さえると、エドワード老の向こうに座るアナベルが、昨日と同じように「わかりますっ」と視線を送ってくれた。

小さな火竜とさらに小さな風竜は「とーちゃんよ！」「チガウ」「とーちゃんなの！」「ウウン。ふぁーくん」を繰り返した末、ギャア、ウガア！　と取っ組み合いの喧嘩を始めた。

「大変だっ、止めないと」

「リシュリーさま、大丈夫ですよ」

「じゃれ合っているだけだ、問題ない」

「えっ。そうなのか……」

ファウストやアナベルが言うなら大丈夫だろう。実際に、幼生体たちはキャッキャッと笑って戯れだした。メフィストがモンスーンの顔をガブッと甘噛みするところを微笑ましく見つめていると、突然ファウストとアナベルが立ち上がった。

「あれはよくない」

「こらっ、メフィストやめなさい！　お父さん怒るよ！」

ワァーン！　と泣いてファウストに抱き上げられたモンスーンと、アナベルに叱られてしょんぼりするメフィストを見ながら、リシュリーは愕然とした。

「なにがよくて、なにがだめなのか……、違いが……わからない」

鍋やフライパンを何度も焦がし、洗濯も下手で、ファウストに『繊細に見えるが、けっこう大雑把』と評されたリシュリーは、育竜の力もなさそうだった。

「違いなんか気にしねぇでいいし、ほっといても死にゃしねぇよ。みんな過保護だ」

育竜経験者として励ましをくれたナインヘルは大あくびをする。

パイプから煙をぷかぷか浮かばせるエドワード老はずっとにこにこしていた。

丸いケーキを食べ終えたシーモアは大好きな土いじりを始めて、エリスは彼を見守る。

フェアリーはレスターの胡坐に身を横たえて日向ぼっこをする。

春の午後の中庭は、これ以上ないほど穏やかだった。


モンスーンが孵化した日とその翌日は瞬く間に過ぎて、フェンドールへ帰る日が来てしまった。

「帰る前に一仕事済ませてきてくれ」

リーゼに頼まれたリシュリーは、モンスーンを抱くファウストとともにアルカナ皇帝の宮殿群へ向かった。本来なら筆頭バトラーがアルカナ皇帝に幼生体を御披露目すべきだが、おそらく、否、絶対、リーゼはマリーレーヴェのことを避けている。

『皇帝陛下はジゼルだね』——戴冠式の直後にエドワード老に告げられてから、どう接すればいいかわからなくなったのはリシュリーも同じなのだが。

謁見の時間まで控え室で過ごしていると、サージェント法務将校が来てくれた。アルカナ皇帝の近侍を務める魔物は、モンスーンを見て赤い瞳を輝かせる。

「おおっ、なんという美しさと可愛らしさだ！　きみが噂の〝モンくん〟だね！　昨夜も一昨夜もアンバーがずっときみの話をしていたよ」

「サージェント、ぜひモンスーンを抱いてやってくれ」

「いいのですか？　私が抱いても泣かないでしょうか？」

「泣かない。俺とリシュリーがそばにいるから大丈夫だ」

サージェントに抱き上げられたモンスーンは、孔雀緑の軍服に鼻をくっつけてフンフンと嗅ぐ。そして「ヴァプー。ア、バー」と鳴いた。リシュリーは小首をかしげる。

「初めて聞く鳴き声だね。なにかしゃべってるのかな？」

「サージェントはヴァンパイアの匂いがして、アンバーの匂いもすると言っている」

「ほう！　素晴らしく聡い仔だ！　ヴァンパイアだから『ヴァプー』なんだね。当たりだよ、モンスーン」

サージェントに案内され、略式の間に入る。

ほどなくしてマリーレーヴェが玉座に座った。ファウストが進み出て、名を伝え、小さな竜をアルカナ皇帝の膝に乗せる。

「モンスーンか。良い名をもらったな。如何なるときも緑風はそなたの味方だ。最強の魔物となって世界を守れ」

マリーレーヴェは初めて竜の幼生体を見たとは思えないほど落ち着き払っていて、なぜか幼生体を抱き慣れているようにも見える。アルカナ皇帝の腕の中はそんなに居心地がいいのだろうか、モンスーンは上機嫌になり、歌うように「ウィチー」と鳴いた。

リシュリーはたちまち肝を冷やす。

先ほどの「ヴァプー」がヴァンパイアなら、「ウィチー」とはウィッチ、つまり魔女ではないか。

大きな金色の瞳に映っているのは、果たして妹マリーレーヴェか魔女ジゼルか。モンスーンはアルカナ皇帝を見上げてにこにこ笑い、「ウィチー。ウィチー」と鳴きつづける。

「よく笑う仔だ。それにしても不思議な鳴き声だね。なにか意味があるのかな?」

「陛下っ、そろそろモンスーンをこちらへ……粗相をしては一大事ですから!」

するとファウストが間髪を容れず「大丈夫だ、小便をさせてきた」と言う。

「……っ。ぐずると大変です、鼓膜が破れそうな大声で泣きますので」

「モンくんは今かなり機嫌がいい」

常にリシュリーのことを一番に考えて動いてくれるのに、今に限ってなぜこうも非協力的なのか。涙目になってキッと睨みつけると、ファウストは不思議そうにまばたきをして、ようやくモンスーンを自分の腕に戻し、マリーレーヴェに「また連れてくる」と告げた。

　宮殿群をあとにしてドラゴンギルドへつづく道を歩く。

「はぁ」

「さっきのリシュリーは奇妙だった。モンくんもそう思うだろう」

「ウン！　りしりー、キミョー」

なにもわかっていないモンスーンは楽しそうにファウストの言葉を真似する。

　リシュリーの動きがおかしかったのは、この二機のせいなのだが、仲よく笑い合う兄弟を見ているとなんでもよくなった。ファウストは片腕でモンスーンを抱き、もう片方の手でリシュリーと手をつないで、ゆっくりとした歩調で進む。

　芳しい花香が、どこからともなく漂ってくる。

　再建された時計塔は春の光に包まれていた。

　風に乗ってきらきらと輝きながら流れてくるものがある。

「ねえ、ファウスト。なんだろう、緑色の、星屑みたいな……」

「鱗粉だ」

　なんの鱗粉かと訊ねようとしたリシュリーの前を、不思議な生き物が通り過ぎた。

それは人の形をしていて、指先に乗せられるほど小さく、肌は白磁のようで、髪も、透き通った翅も美しい緑色をしている。

「わぁ……、なんて愛らしいんだろう。彼女たちは……?」

「風の妖精だ。シルフィードの幼生体の誕生を喜び、遥か彼方から祝福に来てくれた」

数多の妖精が、小さな竜の鼻先や頰に祝福のキスをする。

くすぐったいモンスーンはまぶたをきゅっと閉じたり、「ウニュ」と鳴き、前脚で顔をこすったりした。

風の妖精たちは、ウフフ……、アハハ……、と笑いながら去っていく。

幻想的な風景を一角獣の瞳に映しながら、リシュリーは思いを馳せた。

皆から愛されるモンスーンを父親にも抱いてもらえたら、どれほどよかっただろう。亡父を守れなかった悔しさと寂しさがまた蘇る。けれど今、リシュリーのもとには、言葉で言い表せないほどの幸福があった。

リシュリーは褐色の大きな手をぎゅっと握り、長軀を見上げる。

「ファウスト。ありがとう」

端整な顔が近づいてきて、リシュリーはまぶたを閉じる。

互いの唇を優しく食み合う口づけをした。あいだに挟まれたモンスーンが「ムギュ」と声を出し、訴えてくる。

「ふぁーくん！　りしりー！　モンモ！」

「モンくんもリシュリーと口づけすると言っている」

「ふふっ……、ファウストとキスをするとも言ってるね」

リシュリーが左頰に、ファウストが右頰に唇を押し当てると、モンスーンは「キャーア！」と喜びの雄叫びをあげた。

しかし、リシュリーが夢心地でいられたのはこのときまでだった。

ファウストのひとことで現実に引き戻される。

「モンスーン。リシュリーとともにフェンドールへ帰ろう」

フェンドール公爵の黒衣に着替え、よっつのトランクを脱衣室へ運んだ、午後六時――。

竜の兄弟とバトラーたち全員が見送りのために集まってくれた。

二機の幼生体は脱衣室でもじゃれ合っていたが、ファウストが軍服を脱いで飛翔の準備を終えると、モンスーンは褐色の裸体に飛びつき、メフィストはナインヘルに抱っこをねだる。

「モンスーンのやつ、すっかりファウストに懐いちまったな」

「このあと大泣きしないといいですけどね」

オリビエと会話するリーゼは、リシュリーの隣に立っている。伝えるなら今しかない。

どうか、モンスーンを連れて帰ることを許してほしい——ぎりぎりになってようやく意を決し、心の中で練習して、リーゼに声をかけようとしたときだった。

フェアリーと手をつないだレスターが、カメラのリーフレットを持って近づいてくる。

「リシュリーさま。最新型カメラの件ですが、直送手配をかけました。帝都から発送され、一週間ほどでフェンドール支社へ納品される予定です」

「そうか、ありがとう！　手間をかけてしまった」

「いえいえ。カメラが到着するまでの一週間はぜひ、モンスーンの愛らしい姿を瞳に焼きつけてください」

「うんっ、そうするよ」

「あ？　なんだって？」

凄まじく低い声に心臓を鷲づかみにされた錯覚に陥って、リシュリーは「ひぃ」と小さく悲鳴をあげた。ゆっくりと振り向いて見れば、そこに悪魔の形相がある。勘が鋭いリーゼは、今の短い会話だけですべてを理解したに違いない。

「リーゼっ、あの……モン、そのっ、モンスーンを——」

「おいレスター。どういうことだ」

もうわかっているのにわざと訊ねる。だが常に洒々落々としている中堅バトラーはリーゼの怒気にも動じない。フェアリーを猫背に隠すと、リシュリーがどうしても口にできなかったことをあっさり言う。

「モンスーンは、ファウストとリシュリーさまと一緒にフェンドール支社へ向かうそうです。支社でも成長記録を残せるように、最新型の手持ちカメラを手配しました」

「えーっ！　モンスーンってフェンドールに行くの？」

「そうなの⁉　知らなかったあー」

「ふざけんな‼」

腹に響く雷声が放たれて、エリスとオーキッドの驚きの声が掻き消された。

「あーん！　テオーっ、リーゼくんが怖ぁい」

オーキッドがテオの胸に飛び込む。びっくりして動けなくなったエリスのことを、「なにが起きてんの？」と首をかしげながらジェイドが連れて行く。

「ああ……。これはベッドで大暴れするパターンだ……ほんとイヤ……」

嘆くサリバンの横でバーチェスやシャハトたちが話しだす。

「確かになあ、支社にファウスト一機だけってのも変な話だよな。モンスーンが成体になるころには任務が今よりもっと増えてるだろうし」

「モンくんたちに会いたくなったら飛んで行けばいいもんね。ねえキュレネー、今度一緒にフェンドールへ行かない？」

「うんっ、とっても楽しみ……！」

「シャハト兄さまっ、ぼくも行っていい？」

「僕も丸いケーキ持って行きたいな」

「もちろん！　みんなで行こー」

アンバーやシーモアたち若い竜はいつもの穏やかさで和気藹々とする。

赤い顔で激怒するリーゼと、モンスーンを抱くファウストは、真っ向から対峙した。

「俺はモンスーンをフェンドールへ連れて帰る」

「誰がそんなこと許すか!!」

「許す許さないは関係ない。俺はモンくんを連れて帰る。卵を見つけたときから決めていた」

「ファウストっ、てめえ――!!」

リーゼが目を剝きファウストに飛びかかる。サリバンがすかさずリーゼを羽交い絞めにして、サロメが「落ち着きなさい」と立ちはだかる。

「放せサリバン!!　どきやがれサロメ！」

「エマージェンシー！」

テオが叫び、オーキッドやアナベルやメルヴィネが悲鳴をあげた。ぶるぶると震え、恐ろしい光景をただ見つめるしかできないリシュリーに、サリバンとジュストが声を揃えて言う。

「ここにいたら危険だよっ」

「とにかく早く逃げて！」

「話し合いでは解決できない。双方譲らず永久に平行線だろう。今すぐリシュリーとモンくんを連れて飛べ、ファウスト」

「あとは本社の兄弟でなんとかする。気にしなくていい」

フォンティーンとガーディアンの冷静な呼びかけにファウストはうなずく。リシュリーとモンスーンとトランクをまとめて持ち上げ、アーチ型の出入り口へ走った。

「モンくんっ、またあそぼね！　ばいばいぃー！」

「ニーチャ！　すきよーっ！」

メフィストとモンスーンが涙の別れを済ませたとき、脱衣室が見えなくなった。

ファウストは黒竜に変容し、リシュリーとモンスーンと、よっつのトランクを背に乗せて第二ゲートから飛翔する。ジュストの声が聞こえてくる。

「ああっ、ボス!?　サリバンどうしようっ、ボスが！」

「リーゼくん、いい仔だから泣かないの！　新しい卵いっぱい見つけてあげるから！　ねっ、みんな！」

「おー!!」

「おれ、卵めっちゃ探そうっと！」

「わしもがんばって探すよ」

サリバンが必死に宥める声や兄弟たちの雄叫び、ジェイドとエドワード老の声、ナインヘルの「めんどくせえ奴だな」というつぶやきが、あっという間に遠ざかる。

「リーゼっ……。ま、まさか、泣いて――」

リシュリーは愕然とする。無敵の筆頭バトラーを、誰もが恐れるサタン・オブ・ギルドを泣かせてしまった。勇気を出してきちんと相談しなかったために、大恩ある上司を傷つけてしまった。

「ああ……すまない、どうか許してくれ。リーゼ……」

打ち拉がれるリシュリーと、黒い鬣に埋もれてキャッキャッと笑うモンスーンを乗せ、ファウストはフェンドールへ向かった。

あの大騒動から二週間が経ったが、リーゼや竜の兄弟から連絡はない。

モンスーンは最北端フェンドールの気候や環境にすぐ馴染んだ。幼生体の面倒を見ながら仕事をすることに慣れないのはリシュリーのほうで、公務やバトラー業務に集中すると、抱いているモンスーンを落としてしまう。

竜は強いから頭を床にぶつけても怪我はなく、床のほうにひびが入る。しかし、怪我はしなくてもびっくりしてモンスーンは大泣きする。泣きやまない彼と二人きりになり、途方に暮れることが何度かあった。

嫌われて当然なくらい落としてしまったのに、ファウストが任務で外へ出るあいだ、モンスーンは相変わらず『りしりー。だっこ』と言ってくる。リシュリーが困り果てていると知ったファウストがベビースリングを作ってくれたから、今はモンスーンを落とす心配もなくなった。

この二週間、リシュリーは毎日リーゼに電話をかけようとして、持ち上げた受話器をまた戻すことを繰り返していた。一刻も早く謝りたいのに、また勇気が出せずにいる。

時刻は午後一時——。

ファウストは任務中で、モンスーンはスリングに包まれ、リシュリーの服を握ってプゥプゥと寝息を立てていた。

「今日こそリーゼに電話する。絶対する」

声に出して心に決めたとき、リーン、リーン、とベルが鳴って飛び上がるほど驚いた。

この音はドラゴンギルド本社の執務室からかかってくるときのものだった。リシュリーは慌てて受話器を取る。

「はいっ、フェンドール支社です！　リーゼっ？　……もしもし？」

ガチャガチャと音がしたあとに聞こえてきたのは、『リーゼくん、ジェイドに言わせてあげなよ』『わかってる』『こっちを耳に当ててしゃべってみて』という三人分の声だった。

「もしもし、サリバン……？　ジュスト？」

『おーいっ、リシュリー！　そこにいるのか？　ジェイドだよ！』

「えっ、ジェイド？　電話をかけてきてくれたのか、すごく嬉しいよ！　元気？　任務には慣れてきた？」

『ほんとに話せてる！　どうなってんの？　このデンワってやつ、誰の魔力？』

すぐそばにいるのだろう、ジュストの『いいから早く教えてあげて！』という大声がした。

『聞いてよリシュリー！　おれ、雷竜の卵を見つけたんだ!!』

「え……」

〝ヴォルトの卵〟と聞こえて、受話器を取り落としそうになる。そのような夢みたいなことが起こり得るのだろうか。聞き誤りでありませんようにと切に願い、リシュリーは受話器を両手で持ち直して訊ねた。

「ジェイド、今……、なんて……？」

『だから、ヴォルトの卵だって！　ティアマトーさまが「ペールレナの谷へ行ってごらん」って声をかけてくれて、大急ぎで見に行ったら黒い卵がぴかぴか光ってたんだ！　おれ成体でよかったよー、幼生体だったら、たぶんわんわん泣いてた』

純粋なジェイドのまっすぐな言葉を聞いているうちに、涙がどっとあふれてきた。次から次へと頬を伝い落ちていく。

『卵は真っ黒じゃなくてさ、金色の星屑みたいなのがいっぱい付いていて、きらきらしてんの。星空の模様でめちゃくちゃ綺麗だよ。卵の中の弟もファウストそっくりの黒い仔で可愛いよ！

リシュリーに早く見てほしい』

「うんっ……うんっ！」

『リシュリーちゃん、聞こえる？　ティアマトーさまがヴォルトの卵を……ファウストくんと同じ竜種の卵を産んでくださったんだよ！　こんな素晴らしい奇跡ってある？　みんなでいっぱい泣いちゃった！』

　そう話すジュストは今もまた涙声になっている。リシュリーも嬉しくて嬉しくて、涙が止まらなかった。

「ああ……、なんという奇跡だ！　ありがとうございますティアマトーさま……！　ジェイド、卵を見つけてくれて本当にありがとうっ」

『礼なんかいいから卵に会いに来てよ！　今から来て！　──わっ、なにすんだリーゼっ』

　そこでジェイドの声は途切れてしまった。またガチャガチャと音が鳴る。

『そういうことだ』

「リーゼ！」

『あれから竜の兄弟が総動員で卵を探してな。現在、飼育小屋にはシルフィード、オンディーヌ、そしてヴォルト、みっつの卵がある』

「みっつも!?　素晴らしいよ！　そこまで揃うのは滅多にない──」

『俺の卵を見にくるのはかまわんが、幼生体攫いの奴にはいっさい触らせねえからな』

「え」

あまりにも酷い言い様に、感動と涙が一気に引っ込んだ。

汗ばむ手で受話器を握りしめ、ひたすら詫びる。

「リーゼ、すまない！　本当に悪かったと思っている！　モンスーンをフェンドールへ連れて帰りたいこと、何度も相談する機会があったのに、きちんと伝えなかった私が悪かったんだっ。頼むっ、許してくれ……ファウストの分も謝る！　ごめんなさい」

『フッ……、気にするなリシュリー。俺はもう怒ってなどいない。——見にこいよ、俺の卵を。ファウストに言っとけ、飼育小屋の外からなら見せてやるってな！　ははは！』

『おれたちが見つけたのにリーゼの卵になるのはなんで？　みんなの弟じゃないの？』

『ジェイドの言う通りだよ、ごめんね……。あとでお兄さまが説明するからね……』

『もうっ、ボスってば本当におとなげないんだから！』

不思議そうなジェイドと、あきれたサリバン、怒るジュストそれぞれの声が聞こえて、電話はガチャッと乱暴に切れた。

「……」

受話器を持ったまま、リシュリーはしばらく茫然とした。

「リーゼ……。物凄く怒ってるじゃないか……」

雷竜の卵に会いたくてたまらない。帰還したファウストに話せば、すぐにモンスーンとリシユリーを背に乗せて本社へ飛ぶだろう。だがしかし、ファウストとリーゼの一触即発は避けられない。

なぜ皆それぞれが卵や幼生体を溺愛しているだけなのに、平和が保たれないのか。

竜母神ティアマトーが齎してくれた、これ以上ないほど素晴らしい奇跡を皆で喜び、感謝したいのに。

「ど……どうしよう。私はどうしたらいい？　教えてくれ、モンくん」

縋りたくなって、小さな身体を、ギュ、と抱きしめる。我関せずのモンスーンが「ふみゃーあ」と大きなあくびをひとつした。

帝国暦一八七四年、晩春――。ドラゴンギルドは、本社・支社合わせて竜十四機、バトラー九名、幼生体三機、卵みっつとなった。

風竜、水竜、そして雷竜の卵が孵化するのは少し先の話である。

西の果ての檸檬の木

Dragon-guild Series

真夏の帝都が眩い朝陽に照らされはじめた、午前五時――。ドラゴンギルドに特別なアナウンスが響いた。

『第一ゲートよりガーディアンが、第二ゲートよりナインヘルが、デュシス・エンドへ出発します』

ネロの蜂起から約一年が過ぎた今日、オリビエは故郷へ帰る。ガーディアンと、ナインヘルとアナベルが一緒に行ってくれることになった。

ガーディアンはバターケーキや菓子が詰まった大箱と、水を満杯まで入れたタンク、クッションや丸めた絨毯を背に乗せている。ナインヘルは巨大な布袋と、アナベルが用意した箱、そして一本の檸檬の木を積んでいた。

竜結社による食料支援やファウストの現状調査は継続されている。ガーディアンとナインヘルが背に乗せている荷物は、五年ぶりに帰郷するオリビエのために、竜の兄弟とバトラーとコック長たちが準備してくれたものだった。

強い風に当たりつづける身体を休めるため、途中、魔女の森で休憩と軽い食事をとる。そうして午前中に到着したデュシス・エンドには、すでに陽炎が揺らめいていた。

赤土に着地したガーディアンとナインヘルは互いの荷物をおろしてから人型に変容する。

オリビエとアナベルは裸の彼らに軍服のパンツとシャツを着せ、今日だけはサンダルを履かせた。

言わずにはいられない気持ちが本当によくわかる——アナベルが大声をあげた。

「暑い！」

「そりゃあな。一年中こんな感じだけど、今は夏だから特に暑い」

「大丈夫です、灼熱対策品を持ってきました。なんとこの箱、保冷機能が付いてるんです！」

「見慣れねえ箱だなー、と思ってたんだ。フォンティーンか？」

アナベルはうなずいて、キューブ形の保冷トランクを開ける。

「はいっ、フォンティーンが〝ドラゴンギルド・ガレージ〟で作ってくれました。どうして冷たい状態が保たれるのか説明されましたが、眠くなってしまって、わかりませんでした……。少しですが氷も入ってます。サロメが『喉が渇いてなくても頻繁に飲みなさい』と言って、水の小瓶をたくさん用意してくれたんです。どうぞ」

ガーディアンは「ありがとう」と小瓶を受け取り、さっそく飲みほす。オリビエは水を飲むあいだに凍らせたタオルを首に巻かれた。にこにこするアナベルが、次は軍服を入れていた布袋から帽子を取り出す。

「この麦わら帽子、今日のためにエリスが作ってくれたんです！　可愛くてお洒落ですよね。

もちろんオリビエの分もあります」

「げぇ。いや、アナベルは似合うけどよ……」

肩まで影ができるほど鍔の広い麦わら帽子には、白とネイビーのストライプリボンと、布製の花飾りまで付いている。ガーディアンは一目見て帽子を気に入ったらしく、頭にぽすっとかぶせてきた。

「さすがはエリス、洒落てるな。——うん、俺の鴉は美しいからな、なんでもよく似合う」

「あのなぁ……。南の島でバカンスじゃねえんだから」

アナベルは嬉しそうに揃いの麦わら帽子をかぶった。リボンと花飾りを揺らして、少し離れた場所に立つナインヘルのもとへ駆けていき、水を飲ませる。珍しく張り切っていて、この調子だと途中で暑さに参るのではないかと心配になった。

巨大な布袋と保冷トランクを持ち、檸檬の木を軽々と担ぐナインヘルが訊ねてくる。

「方向こっちで合ってるか？」

「うん。十分くらい歩く」

ガーディアンも水のタンクを担ぎ、菓子の詰まった大箱を持つ。オリビエはクッションと丸めた絨毯を抱えて歩いた。

アナベルが巻いてくれた冷たいタオルはあっという間に乾いて、次は流れる汗を吸い取ってくれる。麦わら帽子のおかげで常に影の中にいるけれど、容赦なく照りつける太陽の眩しさに、オリビエは目を細めた。

蒼穹と赤い大地しかない。静かで、ざくざくという足音がやけに大きく聞こえる。

――こんなに暑かったんだな……。

ドラゴンギルドで働くようになってからも望郷の念はあって、忘れたつもりはなかったが、離れていた五年間のあいだに感覚が薄れていたことを知る。肌を炙る乾いた熱風や灼熱の地は非常に厳しい。でも、帰巣本能が満たされた今のオリビエには心地よかった。

なにもない場所で立ち止まる。

「檸檬の木を植えるの、このあたりがいいかなって。魔狼や大蜥蜴たちの通り道が交差してるし、夜行性の魔物もよく通るんだ」

「そのわりに魔物が一匹もいねえけど」

「まだ俺たちのことを警戒しているのかもしれないな」

「もう警戒なんかしてねえよ。暑いから岩陰を見つけてじっとしたり、土の中に潜ったりしてるだけだ。今日帰郷するってロージとセスに伝えたから、あとでみんな出てくると思うよ」

「じゃあさっそく植えるか」

ガーディアンがタンクに括りつけていた二本のシャベルを取り、一本をナインヘルに投げる。

竜の兄弟はゼリーをスプーンで掬うみたいに、固い赤土をシャベルでさくさく掘り、すぐに深い穴ができた。そのあとはナインヘルだけで作業した。檸檬の木を穴に立たせて丁寧に土をかぶせ、平らに均す。

覆いを外した瞬間、芳香とともに枝葉が大きく広がり、数多の白い花びらが舞った。アナベルが感嘆の吐息をつく。

「綺麗……」

時間と労力を要するデュシス・エンドの植樹計画は準備中だ。『先にでかい木を一本植えたい。美味い実がなるやつ』と言ってくれたのはナインヘルで、レスターとガーディアンが柑橘の木を探してくれた。

「これほど立派な檸檬の大木はなかなか見つからない。ナインヘルの強い魔力を得た檸檬の木が、百年、二百年とこの大地を見守りつづけてくれることを願おう」

「うん……。ありがとう、ガーディアン、ナインヘル」

「おれは美味いレモンの実がどっさりできることを期待してる」

ガーディアンとオリビエ、ナインヘルとアナベルは、それぞれ手をつなぎ、西の果てに立った檸檬の木を眺める。

そのとき地面にふたつの影が走った。誰の影かすぐにわかったオリビエは笑顔になって見上げる。

「ロージ！　セスっ」

「オリビエ、おかえり！」

「待ってたぜっ」

有翼人の姿で降り立った双仔と三匹で抱き合い、故郷での再会を喜んだ。抱擁を解いたロージとセスはすぐガーディアンにぺこりと挨拶する。

「シルフィードの旦那！」

「ご無沙汰してます！　——すっげえ、木が生えてる！」

「デュシス・エンドにでけぇ木が立ってる！　夢みてえだ！」

「おまえたち……まさか、双仔か⁉」

「へっ？」

至極当然のことを訊ねられて、ロージとセスはきょとんとした。紅い唇と艶のある黒髪は鴉の一族の特徴なのだが、アナベルも「そっくり……三つ仔みたいですっ」と驚く。

ガーディアンは片手で目許を覆い、大仰に溜め息をついてつぶやいた。

「あぁ、せっかくの魔性めいた美貌が……。鴉という魔物はなぜ揃いも揃って口調が粗野なのか」

このシルフィードは鴉の一族になにを夢見ているのだろう。オリビエはまぶたを半開きにして、双仔は揃って首をかしげ「ヘンな旦那」と同時に言った。

「みんなこっちに向かってますんで。もう来ます」

「シルフィードの旦那やオリビエたちに会ってもらいたい仔がいるんだ」

話しているあいだに四方から魔狼や大蛇や大蜥蜴が、上空からグリフィンや狗鷲や多くの鴉が姿をあらわして、魔物の大きな輪ができた。

人の姿をした魔狼が進み出て、ガーディアンとオリビエたちの前に立つ。

オリビエは目を瞠る。彼に抱かれて眠る小さな魔狼の獣毛は、デュシス・エンドに一匹しか存在しない、榛色だった。

「竜さま。この春に生まれた、魔狼のアルファでございます」

ガーディアンもひどく驚き、うしろに立つナインヘルは黙って腕を組む。

ロージとセスに「抱っこしてみて」と促され、オリビエはアルファの幼生体を腕の中におさめた。

小さくて柔らかくて、とても愛らしかった。オリビエはガーディアンと視線を交わす。おそらくデュシス・エンドの魔物たちも考えたはずの、ひとつの思いが過った。

この仔は、ネロの生まれ変わりなのだろうか。

ネロの死去から、アルファの幼生体の誕生まで、一年も経っていない。魔力が強い魔物ほど転生も早いと教わったが——。

「生まれ変わりかどうかなんて考えんなよ」

ナインヘルの声に、オリビエは目の覚める思いがした。

「このちびの命も生涯も、ちびのものだ。おれだったら勝手に生まれ変わりにされるのは御免だな。レンヴィートルだって好きなときに好きな場所を見つけて生まれ変わるだろ。急かさねえで、自由にさせてやれよ」

「そうだな……ナインヘルの言う通りだ。成体となったこの仔がデュシス・エンドの魔物を愛し、守り、最西端の大地を統べることができるよう、我ら竜の一族も弛まぬ努力をつづける。蜂起で亡くなった魔物たちが望む場所で生まれ変われるように、今度こそ生を全うできるように、魔物狩りのない世界を守護しつづけると約束する」

ガーディアンの力強くて優しい言葉に皆が笑顔になった。アナベルを始め、涙する者はもっと多くいた。オリビエはまばたきを繰り返して、滲んだ涙を追いやる。すぴすぴと鼻を鳴らして眠る魔狼の幼生体に微笑みかけた。

「みんなに大切にされて、元気に育ってくれよな。また会いにくるよ！」

そうしてオリビエは幼生体のふわふわの額に口づけた。ガーディアンの穏やかな視線が急に鋭くなったことに気づかずに。

デュシス・エンドの魔物が集い、ようやく本日のメインイベント——竜によるプレゼント会が始まった。

『すべての幼生体に縫いぐるみを贈る』——竜は言い出したら聞かなくて、ガーディアンがハーシュホーン通りの玩具店へ行ったあと、縫いぐるみの棚が空っぽになり、ラッピング用のリボンも使いきってなくなったと聞いた。

ナインヘルが巨大な布袋をいそいそ運んでくる。縫いぐるみを買ったのは兄竜だが、配るのは弟竜だ。

年老いた魔物たちは、魔物狩り以前の昔の癖が抜けなくて、竜を見ると頭を垂れようとする。硬くなって動かせない身体を無理やり動かそうとするグリフィンのことを、ガーディアンが片膝をついて支えてくれた。

「御老体、無理をするな。どうか楽にしてくれ」

こういうときのガーディアンの年長組らしい対応や、洗練された立ち振る舞いに、オリビエは密かにときめいてしまう。

「ちっせぇー!」

一方、若い竜のナインヘルは、数えきれないほどの小さな魔物に囲まれた。

魔鳥の雛たちは「わー」「竜さまだー」「かっこいいー」と、もこもこの丸い身体をぷるぷる震わせて感激する。

「ちっせぇー。おまえらの身体どうなってんだ? 内臓ちゃんと入ってんのか? 飯食ってんのかよ? 見てみろよアナベル、リピンよりちっせぇぞ。どっちが縫いぐるみか、わからなくなる」

「あははっ……! みんなとっても可愛いね」

竜には小さくて可愛らしい生き物を盲愛する習性があるが、ナインヘルがこれほどデレデレになるところをオリビエは初めて見た。非常に嬉しそうで、なによりである。

　集まった幼生体たちはわらわらと好き勝手に動きまわったり、喧嘩して泣きだしたり、ナインヘルにくっついたりする。収拾がつかなくなりかけたその場をロージとセスが取り仕切ってくれた。

「ちびたちは二列に並べ！　列からはみ出るなよ！」

「大きな声で元気よく竜さまにお礼を言うんだぞ！」

「ナイン、トカゲちゃんにはトカゲの縫いぐるみをプレゼントして、鴉ちゃんには鴉の縫いぐるみをプレゼントするんだよ、まちがえないでね」

「わかってるって」

　地面に胡坐をかいたナインヘルは「ちっせぇー」を繰り返しながら、綺麗なリボンがかかった縫いぐるみをひとつずつ手渡していく。

「おい、おまえら大丈夫かよ、巣まで運んでやろうか？」

「だいじょうぶですっ、ありがとうございますっ、竜さま！」

「ずっと、たいせつにします！　わぁい！」

　鴉の幼生体たちは、自分の身体と同じ大きさの縫いぐるみを抱きしめ、ぴょこぴょこ跳ねる。

　バターケーキや菓子も配って、賑やかで楽しい時間となった。そんな中、オリビエの予感が当たり――万全の灼熱対策をしたアナベルが、ついにダウンしてしまった。

檸檬の木の下に絨毯を敷いてクッションを置き、アナベルを横たわらせる。

「すみません……。デュシス・エンドのみんなのために植えた木なのに……」

「そんなこと気にすんなって。おまえ、妙に張り切ってたもんなー。こうなるんじゃねえかって心配して、て――」

苦笑しながら言ったオリビエは、目を瞠る。

まぶたを閉じているアナベルの眦から、涙が伝い落ちた。

「大丈夫かっ？　泣くほどつらいか？　熱いところに何時間もいさせて悪かった、ナインヘルと一緒に今すぐここを出て、涼しい場所で休んでくれ」

「いえ、大丈夫です。――嬉しくて……嬉しいことばかりで」

「え？」

オリビエは胡坐をかき、麦わら帽子で扇いでアナベルへ微風を送る。

「僕がドラゴンギルドに来たとき、僕が原因でナインとガーディアンが取っ組み合いのけんかをしてしまって……」

「そういや、そんなこともあったなぁ。あの兄弟はとっくに忘れてるけど」

「はい。オリビエが里帰りできたのも、一緒に来られたことも、ナインとガーディアンが仲よくしてるのも……嬉しくて。檸檬の木を植えられたのも、魔狼のアルファの赤ちゃんが生まれていたことも、ナインがおちびちゃんたちに縫いぐるみをプレゼントしてるのも……嬉しいことばかりで、泣けてきます」

「……うん」

「こういうときって、泣けてくるのに、にやにやしちゃうの……、僕だけでしょうか……」

「ははっ。わからなくもない。おまえ今、泣きながらすげえにやにやしてるぜ」

「へへ……」

鼻の奥がツンとする。アナベルと話しているとオリビエまで確実に泣いてしまうから、ごまかすために立ち上がった。

「思ったんだけど。ナインヘルかガーディアンの涙を飲んだら、頭痛や眩暈も一発で治るんじゃねえ？」

「あ。そうでした」

「待ってろ、ナインヘルに言ってくる」

「僕、本当に大丈夫なので、竜の涙は、あとで……。ナインに、おちびちゃんたちとの時間を大切にしてほしいんです。オリビエも、みんなのところにいてくださいね」

「わかってる、うまく言うから任せとけ。水を飲めよ」

ニッと笑ったオリビエは、アナベルに水の小瓶を持たせる。

お洒落な麦わら帽子をかぶって、小さなふわふわの雛鳥たちに夢中になっているナインヘルのところへ走っていった。

アナベルは火竜の赤い涙を飲んですぐに回復した。相当気に入ったのか、あとは帰るだけなのにまた麦わら帽子をかぶってにこにこする。

「ちびたちが小さすぎて心配だ。また見にくる」

誇張ではなく、一生涯分の「ちっせぇー」を連呼したナインヘルは再訪を約束し、アナベルを乗せてデュシス・エンドを発った。ガーディアンとオリビエは真夜中まで滞在し、午前六時にドラゴンギルドに到着する。

夕陽が沈み宵が来て、ようやく灼熱がおさまった。

檸檬の木の下は、甘く爽やかな香りで満たされている。ガーディアンがいつもみたいに裸で絨毯に横たわったので、急いでコットンブランケットを一緒にかぶった。

仰向けになって見つめていると、時折、白い花びらが舞い落ちてくる。枝葉のあいだには金銀の星々が瞬く。美しくて瑞々しい風景だった。この風景の中で過ごす仲間が増えていくことを、オリビエは心から願う。

眠気を誘う涼やかな微風をデュシス・エンドじゅうに吹かせてくれているのは、もちろんガーディアンだ。風に頬を優しく撫でられて、オリビエはまどろみはじめる。

「涼しいな……。みんなぐっすり眠れてると思う。ちびたちも縫いぐるみがあるから、寂しくないよ。ガーディアン……、連れてきてくれて、ありがと……」

「そうか。よかった」

まぶたを閉じて、心地いい眠りに落ちていく。

そのとき、ズシッと重みが伸しかかってきた。

びっくりしてまぶたを開く。眼前にあるのは鮮やかな緑葉でもなく、満天の星でもなく、アルカナ神話に登場する英雄神みたいな端整な顔だった。

「オリビエ。まだ眠る時間ではない。俺の額にキスしろ」

「へ……？　なんで」

「アルファの幼生体が生まれていたことは非常に大きな喜びだ。だがしかし、キスしていいとは言ってない」

どうやらガーディアンは怒っているようだが、なにに腹を立てているのか、眠くて頭がぼうっとしていて、さっぱりわからない。

「五回、額にキスを。さもないと中に入ってしまうぞ？」

「はぁ？　なんだよ、それ……。――あっ！」

シャツと下着しか身につけていなくて、下着を一瞬で剝ぎ取られてしまった。大きく開脚させられてすぐに、窄まりに硬い先端が押し当てられる。

「あぅ。……やめろよ、誰かに、見られ……たら」

もう二度と帰郷できない。オリビエの心配などおかまいなしで、後孔に亀頭を嵌め込んだガーディアンは、浅いところで、くち、くち、と小刻みに抜き差しをする。

「ぁ……、んんっ……」

「みんなぐっすり眠っているんだろう？　星空のもとでの性愛行為もいいな、開放的でロマンチックで」

「な、にが……ロマン、チッ……あっ、ぁあ！」

陰茎の根元までを一気に挿入されたとき、幼生体の額に口づけたことに腹を立てているのだと理解した。しかし時すでに遅く、にこっと笑うガーディアンが怒濤の甘い腰使いを始めた。

真夜中まで愛し合う風竜と鴉のもとに、檸檬の白い花びらが音もなく降ってくる——。

帝国暦一八七四年の夏にサラマンダーが植えた檸檬の木は、多くの果実をつけて魔物たちを潤し、デュシス・エンドを見守りつづけて二百年後に朽ちた。

檸檬の木を中心にオレンジやライムが植樹され、一帯は果樹林となる。その上空にはエメラルド色の鱗を持つ若いシルフィードが翔け、豊かな雨を含んだ風を吹き渡らせたという。

魔性の竜は
今日も旦那さまに夢中

Dragon-guild Series

た。

「あー。サタンが怖すぎた……わかってたけど……」

寝台に突っ伏したまま、いつまで経っても動かないテオの背を、オーキッドはぽかりと叩いた。

「もうっ、テオってば、起きてよ！　ちゃんと説明して！」


さかのぼること約一時間前――テオに手を引っ張られ、連れて行かれた筆頭バトラーの執務室には、リーゼとサリバン、ジュストがソファに座っていた。勢いよく入室してドカッとソファに腰かけたのに、なぜかテオは急に静かになって大粒の汗をかきだす。

誰も口を開かず、カチ、カチ、という時計の音だけが執務室に響く。なんの目的で集まったのかわからなくて、退屈になったオーキッドは脚をぶらぶらさせたり爪をいじったりした。

サリバンの大あくびが、うつりそうになる。ジュストが溜め息をついたとき、リーゼが『フッ……』と嗤い、片眼鏡をカチャリと鳴らして言った。

『中途半端な覚悟でこの俺に挑もうとするなよ若造。無駄死にしてえのか？』

オーキッドには決して向けられることのない、とてつもなく怖い言葉と低い声だ。

普段のテオなら逃げ出していたかもしれない。でも彼は逃げずに、意を決したように拳を握り、そして叫んだ。

『筆頭バトラー！　俺とオーキッドは、婚約します！』

『あ？』

『えぇーっ!?』

婚約という言葉に物凄く驚いて、退屈も眠気も吹き飛んだ。リーゼから凄まじい怒気と殺気が沸き立ってきても、テオは怯まずにつづけた。

『これは、婚約を許してくださいというお願いではありません！　婚約しますという、報告であります！』

『テオ、いつになく格好いーい』

『応援してくれるのかサリバンっ』

『ううん。それとこれとは話が別』

オーキッドのことを溺愛してやまない兄竜はニコッと嗤う。妖しい笑みだけでテオを諦めさせようとする。しかしテオには唯一且つ強力な味方がいた。

『テオの現場主任の仕事ぶりを認めてるんでしょ!?　だったら婚約も認めてよ、父さん！』

ジュストに『父さん』と呼ばれたリーゼは、一瞬だけ締まりがない顔をする。そうしてこめかみに太い血管を二本も浮かばせ、言い捨てた。

『婚約したからって、結婚できるとは限らねえぜ。――ま、せいぜい命を大事にな』

執務室を出るなり、涙ぐむジュストがオーキッドをぎゅっと抱きしめてきた。

『婚約おめでとう！　ボスも認めたし、これで二人は許嫁だよ！』

『あれ認めたことになるか……？　俺、殺害予告されたぞ』

『認めたことになるよ！　予告通り実行するかもしれないけど。今度みんなで婚約パーティーしようね！』

ジュストに何度も礼を言って別れたテオは、オーキッドと手をつないで巣に帰り、寝台にボフンと倒れ伏す。そこから四十分が経っても動かないので、痺れを切らしたオーキッドは背をぽかりと叩いた。

ようやくのろのろ起き上がる。胡坐をかいたテオが腰を抱き寄せ、腰を抱かれたオーキッドがみずから胡坐に座って肩に腕をまわすのは、この二年でごく自然なことになった。

「婚約するなんて急に言い出すから、びっくりしちゃったでしょ」

「急っぽく見えたかもしれねえけど、違うよ。リーゼさんに婚約のこと報告するぞって、二年前からずっと思ってて、でも何度も時機を逃しちまってた。二年も……我ながら情けない。ジュストに、必ず加勢してやるから今すぐリーゼさんに言いに行けって発破かけられて、やっと報告できたってわけだ」

「そうだったの。知らなかった……。ジュストが言ってた『いいなずけ』って、なあに？」

「結婚の約束をした相手のことを許嫁って呼ぶんだ。あとは、婚約者とかフィアンセとか」

「ふぃあんせ……」

可愛い響きだけれど、想像してきたものとは異なっていた。

「ぼくたち、結婚することいつリーゼくんに伝えるのかなって思ってた。婚約は、テオが話してた『きちっと段階を踏む』ってことなの？　許嫁ってそんなに大事？　よくわかんない」

ぷくっと頰を膨らませると、テオは微笑んで、人差し指で頰を押してくる。

「すぐ結婚もできるけど、結婚までの〝許嫁〟って、特別な感じがしていいなって思ってさ。オーキッドと俺は恋人同士で、婚約したからもう家族みたいなもんだし、仕事仲間でもある。許嫁って言葉に、大切な関係がみっつも含まれてるんだ、それって素敵だと思わねえ？」

わがままを言っても拗ねても、テオは嫌な顔ひとつせず、オーキッドがわかりやすいように丁寧に伝えてくれる。テオの言う通り、恋人・家族・仕事仲間、みっつの意味が籠もった〝許嫁〟は特別で嬉しくて、なにより彼の考えかたがとても素敵だと思った。

「じゃあね、ぼく、ずっと許嫁でいい！」

「えぇ……また極端だな。ステンドグラスきらきらの大聖堂で結婚式したいんじゃなかったっけ？　俺はそういうのすげえ照れくさいから、オーキッドがずっと許嫁のままでよくて結婚式しないって言うなら、それでもかまわねえけどー」

「だめ！　やっぱりっ、やっぱり結婚する！　大聖堂で結婚式もするの！」

「はいはい、わかりました。気まぐれシルフィードちゃんの仰せの通りに」

いたずらっぽく笑うテオに、オーキッドはぐりぐりと頬ずりをする。

「みんなで婚約パーティーしようねって、ジュストが言ってくれたね！　嬉しい！」

「楽しみだな。コック長たちは三段くらいのケーキを作ってくれるだろうし、エリスが中心になって、手作りのガーランドとかで飾りつけてくれたりさ。……まあ、その、俺は竜の兄貴に囲まれて生きた心地しねえだろうけど、オーキッドが嬉しくて楽しいならそれでいい」

「もーっ、お兄さまたちったら、どうしてテオにいじわるするの？」

「可愛すぎるおまえにも責任あると思うぞ……。敵意剥き出しのリーゼさんやサリバンはまだましだよ、サロメやガーディアンのほうが怖え……俺、殺されるならサロメにだと思ってる。水みたいにひたひた近づいてきてさ、気づかねえうちに背後からこう、ブスッと——」

「大丈夫っ、ブスッてさせない！　ぼくがテオを守るからね！」

テオはわざと真顔を作って「頼りにしています」と言った。そのあと微笑み合う。

近づいてきた唇に、オーキッドは自分からも唇を寄せた。毎夜、深いキスをしたあとは眠くなるまで髪を撫でてもらうのに、今夜は下肢が熱を持ってひどく疼く。

「テオ……どうしようっ。ぼく、……ぼく、っ」

「うん。発情、したな。——待ってた」

どう伝えたらいいかわからず、でもテオはオーキッドの身体の変化にすぐ気づいてくれた。

「発情が先か、俺がリーゼさんに婚約報告できるのが先か、焦ってて……ぎりぎりになったけど報告が先でよかった。刺激して無理やり発情させるんじゃなくて、オーキッドが自然に発情したそのときに抱くって決めてた」

真摯な言葉を紡ぐテオに、オーキッドの小さな胸は激しくときめき、壊れそうなほど高鳴る。オーキッドもテオと交尾したいとずっと思ってきたのに、寝台に寝かされて身体がクッションに沈んだとき、「や……」と声を漏らしてしまった。

「恥ずかしいよな。明かり消さねえと」

サイドテーブルのランプが消え、秋の清らかな夜気が竜の巣に広がっていく。

全裸になりたがる兄弟と違って、オーキッドは裸を見られるのが苦手だった。それをわかっているテオが、制服を脱いで先に裸になってくれた。両手で顔を覆いながらも、指のあいだから覗いてしまったテオの陰茎は、今のオーキッドと同じように形を変えている。そこから漂ってくる人間の雄の匂いは、兄弟よりもどの魔物よりもいい匂いで、くらくらした。

軍服を脱がせる手つきは仕事中とまったく違う。首許、鎖骨、胸——テオは、あらわになったオーキッドの肌に口づけながら下がっていく。腰骨にキスをされ、我慢できなくなった。

「ぼ、く……、お、漏ら、し……しちゃ……ぅ」

あまりの恥ずかしさに泣きそうになる。そのときテオが脚のあいだに顔を埋めた。

「あ！　——いや、テオ……、テオっ」

初めて硬くなった性器を口に含まれた瞬間、強烈な快感とともに体液がびゅうびゅうとあふれだす。堪えきれない羞恥に涙がこぼれたけれど、テオが精液をごくりと飲みくだす感触が嬉しくて、もっと飲んでほしくなった。テオを自分だけのものにするために、嚥下に合わせて懸命に腰を振って射精するオーキッドは、身のうちに所有の本能が存在していることを知る。

「発情してる、ぼく……、へん……？」

「可愛いばっかりで、ぜんぜん変じゃない。……けど」

明かりがなくても見える。手の甲で口許を拭うテオの顔は、真っ赤になっていた。

「こんな甘いなんて、信じられねえ。ジュストが『一度飲んだら病みつきになるよ』って言ってた意味がわかった。……本当に、よくわかった」

覆いかぶさってきたテオに、すり、と頰を寄せて願う。

「テオが、ぼくの精液に病みつきになってくれたら、すごく嬉しい……。病みつきになって」

「魔性――。もう、ほんと完敗」

オーキッドの上で脱力するテオの、その中心にあるものは濡れていて硬い。後孔に触れられ、あっ、と小さな悲鳴をあげる。指で中をいじられる恥ずかしさに、身体が強張ってしまう。

「怖い？　ごめんな、余裕なくて」

「……怖い。心臓が、爆発しちゃいそう、で」

「はは。オーキッド、俺の胸を触ってみな」

促されるまま胸板に触れると、ドクドクと激しく高鳴っている。テオも同じだとわかったら、怖くなった。指が抜かれてすぐに、後孔に濡れた先端があてがわれる。

「あっ……！　テオ――」

熱い陰茎が内壁を押し拡げて、ゆっくり入ってくる。初めて覚える圧迫感はあるけれど、痛みはない。テオとつながる喜びが、心と身体いっぱいに広がっていく。

「テオ、好きっ。大好き……」

「俺もオーキッドが大好きだ。可愛くてしょうがない。リーゼさんや竜の兄貴たちには悪いけど、どうしてもおまえを独り占めしたい」

オーキッドを怖がらせないための優しい動きが、忙しないものになる。ぎゅっと抱きつき、いい匂いがする首許に顔を埋めたオーキッドは、テオの甘くて強い律動に溶けていった。

柔らかな朝陽に包まれて、パチッと目を覚ます。

もこもこの毛布の中、裸のテオはオーキッドを片腕で抱き、大の字で寝ている。テオにぴったりくっつくオーキッドが纏っている寝間着は、彼が着せてくれたものだった。

――おしりが、まだほんのちょっとだけ、そわそわしてる。

恥ずかしくて、でも嬉しい。昨夜のことを思い出し、もう胸が痛いくらいときめいている。

そして、金色の瞳に映る世界は昨日と同じなのに、昨日までよりもずっと綺麗できらきら眩しい。オーキッドの世界に煌めきの魔術をかけたテオは、ガサガサに嗄れた声を出した。

「……いま、なん、じ？」

「えっと、五時二分」

「うげぇ……。あー、だりぃ……休みてえ、休みほしぃ……」

いつものだらしない口癖が出てきて、オーキッドは唇を尖らせる。昨夜はあんなにも素敵で格好よかったのに。しかし次の瞬間、テオは「なぁんてな、冗談」と、ニッと笑って跳ね起きた。胡坐をかいてその上にオーキッドを座らせ、チュッとキスをする。恋人で家族で仕事仲間でもあるテオが笑みを湛えて言う。

「おはよう、俺の許嫁のシルフィードちゃん。さぁー、今日も一緒にばりばり働きますか！」

「うんっ！」

「まずはシャワーだ、風呂まで競走！　先に着いたほうが先にシャワー使える！」

「あーっ、ずるーい！　待ってぇー」

幸せいっぱいのオーキッドは、全裸のまま張り切って風呂場へ走っていくテオを追いかけた。

帝国暦一八七四年、秋――。魔物と人間の婚約が成立し、ドラゴンギルドの風竜オーキッドと中堅バトラーのテオは許嫁となった。

大聖堂の鐘を鳴らすまでの道程には、サリバン、サロメ、ガーディアン、そしてサタン・オブ・ギルド攻略という、大いなる難関が待ち受けている。

ドラゴンギルドの竜かぜ騒ぎ

Dragon-guild Series

鶫の囀りが響く晩冬の早朝——。その騒ぎはなんの前触れもなく始まった。

昼中は春の気配を感じるようになったものの、暖炉の炎が尽きた夜明け前は寝台から出るのが億劫になるほど冷える。

「暑い……」

しかし、なぜかリーゼは暑さで目が覚めた。肩までを覆う毛布の中に熱が籠もっている。[illegible]の腰にまわってきている腕と、頭の下の腕枕がやけに熱い。

「……サリバン？」

熱源が、リーゼのうなじに顔を埋めて眠るサリバンであることに気づき、[illegible]ナイトテーブルから取った片眼鏡を右眼にかけて振り返った。

「どうした」

午前三時過ぎまで上機嫌で愛欲行為に耽っていたサリバンが、まぶたを閉じたまま荒い呼吸を繰り返している。眉をきつくひそめる美貌は赤みを帯び、額には汗が浮かぶ。

勢いよく身体を起こしたリーゼは竜の首許に触れて目を瞠った。

脈拍が異常に速くなり、鱗はいつもの心地いい冷たさを失っていた。

「熱が出てるのか!?」

「わかん、ない……なんか、変。からだ熱くて、寒いよ……」

初めて見る苦しそうな様子に、リーゼはひどく焦りだす。世界最強の竜は疾病とは無縁の魔物だ。連れ添って三十年余、サリバンが急病に罹るなど一度もなかった。

「どこか痛んでないかっ？　頭は、内臓は？」

「頭、痛い……。骨も……どうして」

「ジュスト呼んでくる！」

「いやだ……リーゼくん、ここにいて……」

掠れた声で懸命に言うサリバンは発熱という未知の感覚に襲われ、リーゼ以上に混乱しているみたいだった。

「すぐ戻ってくるから待ってろ。な？」

寝台をおりて毛布と厚手のシーツを掛け直し、長軀をしっかり包む。額の汗を拭い、乱れた前髪を整えてやると、シャツやスラックスを急いで身につけて巣を出た。

飴色の大階段の踊り場に設えたフロマン社の振り子時計は午前五時四十五分をさしている。

朝陽が昇る前の暗いうちから活動を始める美魔は、もう食堂へ行っただろうか。そう思ったが、ジュストは階下の踊り場でオリビエやエリスと話していた。そばで会話を聞くアナベルとメルヴィネは泣きそうな表情をしているように見える。

リーゼは階段を駆けおりながら大声を出した。

「ジュスト！　悪い、巣に来てくれ、サリバンが――」

「発熱してる？」

「えっ……」

あとにつづく言葉を言い当てたジュストは眼鏡をかけていない。静かな声で「おはようございます」と挨拶してくるオリビエやメルヴィネたちも、シャツとスラックスだけだったり寝間着にセーターを着ていたり、皆が慌てて集まったことがわかる。

「どうした、なにがあった？」

「熱を出してる仔がたくさんいるの。今わかってるだけでも、フォン、サロメ、ガーディアン、ナインヘルくん、ジェイド……、サリバンもだよね」

「六機もか!?　竜が体調を崩すのはおかしい、どうなってる」

「たぶん六機だけじゃない……エドお爺ちゃんやシーモアくんたちを確認しないと」

「エドワードさん、大丈夫でしょうか……」

「六時を過ぎた、先に食堂を確認しよう。エドワード老やシャハトやキュレネーは朝飯を食ってるかもしれない」

皆で階段をおりていく。自分で言ったものの嫌な予感がするばかりだった。

早朝から夜まで稼働しているドラゴンギルドの食堂はいつも通り明るい。しかし、毎朝厨

房内を走りまわっている三人の若いコックが、今は突っ立って不思議そうにこちらを見つめている。コック長がエプロンのポケットに両手を入れて首をかしげ、言った。

「おーい、筆頭バトラー。なんかあったか？」

コック長たちが不思議がるのは無理もない。肉料理の匂いや焼きたてのパンの香りで満たされた食堂には誰の姿もなく、がらんとしていた。

小さな吐息をついて、アプリコットオレンジの髪を搔き上げたジュストが医師の顔になる。

「ボス。エドお爺ちゃんから順番にみんなを診るけど……これ、〝竜かぜ〟だと思う」

「竜かぜ、だって？」

数十年ぶりに耳にした病名と、それを完全に忘却していた自身に驚き、リーゼはジュストの言葉を繰り返すだけになった。サリバンの苦しむ姿に狼狽してしまっていたが、落ち着いて考えれば確かにそうだ。突然の高熱や集団発症――竜かぜ以外考えられない。

結ぶ余裕がなかったのだろう、前髪をおろしたままのエリスが訊ねる。

「竜かぜってなんですか？」

「成体の竜だけが罹る、ひどい風邪のことだよ。僕も医学書を読んだだけで、実際に罹った仔を診たことはないんだけど……。厄介なのは万能薬である竜の涙が効かなくて、感染力が強いこと。広い帝国のあちこちで生きてた大昔と違って、一緒に暮らしてる今は集団感染は避けられない。主な症状は高熱、頭痛、筋肉痛と関節痛、全身倦怠、食欲不振、咳や洟……数日で治る仔もいれば、完治するまでに二週間くらいかかる仔もいるみたい」

エリスとアナベルとメルヴィネはただでさえ大きな瞳を見開いて聞き入り、オリビエはスラックスのポケットに入っていた手帳とペンを取り出して素早くメモを取る。ジュストの説明はまるで竜かぜに罹った兄弟らを長年診察してきたかのように端的で、腕を組んだリーゼは我が息子に感心しながらウムウムとうなずいた。

「猛毒の血を持つ竜を宿主にできる病原体は一種類のみ……竜かぜは、もうずっと発症が確認されてなかったんだ。ボスも罹患した仔に会ったことないでしょう？」

「ああ、ない。ジゼルが生前『百年くらい見てない』と話していた。ってことは今日まで百四十年ほど確認されてなかったことになるな」

「百四十年……。サロメも、こんなふうになるのは初めてだと言ってました」

「そうだよね、みんな、急に竜が苦しみだして怖かったよね。僕もフォンの唸り声で飛び起きたよ、びっくりしちゃった」

「でも、ジュストさんに病名を教えてもらえて少しほっとしました。ちゃんと治るよってナインや兄弟たちを安心させたいです」

アナベルとメルヴィネが微笑み合ったとき、長い廊下の向こうから、のしっ…のしっ…という足音が響いてきた。重厚かつ落ち着いた足音はテオやレスターや幼生体のものではない。

エリスが固唾を呑む。皆、開け放しの扉に目が釘付けになる。

やがて扉を抜け、軍服を着た一機の土竜があらわれた。

「おはよう。……おや？　どうしたんだい」

バトラーたちの驚愕の視線が一族最高齢の竜に注がれる。エリスとアナベルが口々に訊ねた。

「エドワードさん！　大丈夫ですか⁉」

「高熱は出てませんか？　頭は痛くありませんか？」

「熱はないよ、頭痛もしていない。心配してくれてありがとう」

「抗体だあっ！」

大階段の踊り場で会ったときから硬い表情をしていたジュストが、声を弾ませてエドワードに駆け寄った。

「きっと抗体を持ってるんだよ！　エドお爺ちゃんっ、竜かぜに罹ったことある？」

「竜かぜ？　ずいぶん久しぶりに聞くね。竜かぜか……確か、成体になりたてのころに罹患したような？　なにしろ二百八十年くらい前のことだから、記憶が曖昧で……」

「調べる！　エドお爺ちゃんを僕にちょうだいっ」

「ああ、かまわないよ。好きなだけジュストにあげる」

「やったぁ、エドお爺ちゃん大好き！」

にこにこ笑うエドワードはおどけて答え、ジュストが丸い腹に抱きつく。

今のは『抗体の有無を調べるために血液を採取させてくれ』という意味で、ジュストは嬉しと口走ってしまった。

さと興奮のあまり言い誤ったのだ――わかっているのだが、美魔の甘い声で「ちょうだい」と聞くと、どうしても淫靡な行為が連想されて、リーゼはつい「許さんぞ……」と口走ってしまった。

隣に立つオリビエの凄まじく冷ややかな視線を感じ、ゴホンと咳払いをしてごまかす。

「あっ、事務室の電話、鳴ってる」

鴉の高い聴力を使ったのだろう、オリビエがつぶやきながら食堂を出て行った。

すぐに駆け戻ってきて、なんとも言えない表情で報告する。

「リシュリーさまでした……。ファウストが高熱を出してるとのことです」

「なにっ？　こんな離れてるのにか？　だったらサージェントの屋敷にいるアンバーは」

「たぶん感染してると思う。いつも六時三十分には帰ってきてるでしょう？」

「あとで俺がサージェントに確認する」

「リシュリーさま、めちゃくちゃ焦ってたんで、ほかの兄弟もファウストと同じ〝竜かぜ〟の症状が出てるってことと、ジュストさんから電話してもらいますって伝えました」

「ありがとう、必ずかけるね」

エリスから経緯を聞くエドワードが「ええっ、弟たちが竜かぜに？」と驚いたとき、次はダダダッ……という喧しい足音が近づいてきた。

リーゼはまぶたを半開きにする。寝癖だらけの髪のまま食堂に飛び込んだテオが膝をつき、縋りついてくる。

「リーゼさんっ、俺は向こう十年、休み要りません！　だから今日と明日と明後日、休みをください！　今すぐ休暇に入らせてくださいっ！」

テオの懇願を完全に無視したリーゼと、ジュストたちは、その取り乱しようからオーキッドが竜かぜに罹患していることを確信した。

「………」

エドワード、五人のバトラー、コック長たち――食堂にいる全員が、言動がいちいち大仰な男を見つめ、一瞬の沈黙が生まれる。

「あれ、みんなは？　あれっ？　――どわっ」

いつもと様子が異なることにようやく気づいた婚約浮かれ野郎を引き剥がすと、リーゼは腕を組み直して短く考えた。片眼鏡をカチャリと鳴らして言う。

「約百四十年ぶりの感染……驚くばかりだが、エドワード老以外の十三機が竜かぜにやられてると見てまちがいないだろう。どうしようもない。竜たちの回復状況によって前後させるが――ひとまず三日間、臨時休業とする」

「やったー、休みだ！　一日中オーキッドのそばにいてやれる！」

「休みなわけねえだろ、臨時休業は表向きだ。俺とおまえで手分けして、顧客に詫びてまわるんだよ」

「ぐわーっ、エマージェンシー！」

私情剝き出しで大喜びしたり頭を抱えて嘆いたり、現場主任にあるまじき振る舞いである。

そんな忙しない先輩バトラーを放って、オリビエはふたたび扉の向こうを見た。

「また事務室の電話が鳴ってる」

「僕、行ってきますね」

「サージェントじゃねえか？ 俺からかけ直すと伝えてくれ」

アナベルが「イエス・サー」と返事をしながら走っていく。リーゼは五人のバトラーに告げた。

「まずはバーチェス、シャハトとキュレネー、シーモアの巣へ行き、竜かぜであることを説明してやってくれ。七時を過ぎてもかまわない、着替えと朝食を済ませて脱衣室へ集合。ジュストに基本的な看病方法を教わる。日々の世話はジュスト以外のバトラーでおこなう、医師は今から相当忙しくなるからな。テオも対外的な業務が終わり次第、竜たちの世話にまわれ」

「わしはアンバーの様子を見にサージェント卿の屋敷へ行こう。弟はまだ小さいし、とても心配だ」

「ありがとうございます、エドワード老。ぜひお願いします。——一週間ほどイレギュラーがつづく。都度の打ち合わせと、連絡や確認を綿密におこないながら業務にあたるように」

「イエス・サー！」

引き締まった表情で声をあげたテオが、またすぐへなへなになってジュストの肩に縋る。

「ちゃんと仕事するから……オーキッドを頼む……。あいつずっと泣いてて、すげえ苦しそうでさ……代わってやりてえよぉー」

「うんうん、心配だよね、任せて、このあとオーキッドを一番に診にいくから」

テオとジュストのやりとりを見て涙を拭うメルヴィネが、はっとなってつぶやく。

「あのぅ。レスターさんは……？」

リーゼを含む全員が「あっ」と声を出し、オリビエとエリスが「起こすの忘れてた！」と顔を見合わせて言った。


「まさか、〝竜かぜ〟か？」

「………」

これでもう何度目だろう――簡単には出てこないはずの言葉が、またアルカナ皇帝の唇からさらりと出てきて、リーゼは口を真一文字に結んだ。

アナベルが受けた電話は、やはりサージェントが自宅からかけてきたものだった。

『アンバーが死んだら俺もあとを追う！』などと本気で叫ぶ法務将校を『いいから今すぐ出勤しろ』と叱りつけたリーゼは、臨時休業を報告するため、午前九時三十分にアルカナ皇帝に拝謁した。

モスグリーンのドレスを着たマリーレーヴェと、リーゼとエドワードとサージェントでテーブルを囲む。

まだ「竜が高熱を出し……」までしか報告していないのに、なぜ即刻〝竜かぜ〟という言葉が言えるのか――？　ジゼルに瓜ふたつの皇帝は、リーゼのじっとりした視線を気にせず、白い指を顎にあてる。

「病原体そのものが消滅したと思ったが。百数十年、鳴りを潜めていただけか。なかなかにしつこいな、猛毒を保有する肉体を宿主に選ぶだけのことはある」

「百数十年もですか？　陛下、竜かぜを抑制できる薬草などはありませんか？　あるなら採りに行きます。高熱に苛まれているアンバーがあまりにも痛ましく……」

「薬草も特効薬もない。あれは竜を相当苦しめる。だが命を奪うものではないよ、サージェント、そなたの小さなゲノムスも必ず治る。完治すれば皆けろりとして、苦しかったことはすべて忘れるよ」

「わしも苦しい思いをしたのだろうけれど、まったく憶えてないものな」

「竜は激痛や苦痛を記憶できぬ魔物だ。それも良し悪しだがな」

エドワード老もサージェントも、もうなんの疑問も抱かず、マリーレーヴェとジゼルを同一視して話す。生まれ変わりと認めたくないリーゼの同志は、もはやサリバンだけなのだろう。

そう思うと、軽薄な風竜が隣にいないことに一瞬の心許なさを覚えた。

『この飲み薬、アンバーちゃんに。ほとんど効かないと思うけど、なにも飲まないよりましなはずだから』――ジュストが用意してくれた解熱剤と鎮痛剤はエドワード老が持っているのでちょうどいい。

「少々立て込んでおりますので……私はこれにて失礼します……」

話し込む皇帝と竜と吸血鬼へ小声で告げ、ささっと辞した。

事実、リーゼは非常に忙しい。

三日間の臨時休業によって延期または取りやめとなった依頼案件は四十近くある。専用車を運転できるテオは遠方の顧客らを訪問していた。リーゼも馬車を手配し、今日と明日で帝都や周辺都市を巡らなければならない。

宮殿群をあとにして、革靴の踵をコツコツ鳴らしながら舗装された道を進む。

結社に戻ったその足でサリバンや兄弟たちの様子を確認し、ジュストに状況を聞いて午前十一時には出発したい。足早に歩いていたが、ドラゴンギルドの正門が見えた瞬間、思わず足を止め、「げぇ……」と声を漏らしてしまった。

「あっ！　筆頭バトラー！」

「待ってましたよ、話を聞かせてください！」

あっという間に二十人ほどの新聞記者に囲まれた。カメラを向けられ、閃光が放たれる。

「三日間の臨時休業を決めたそうですね！　アルカナ皇帝陛下へ報告した帰りですか？」

「竜かぜとはなんですか⁉」

「人間に感染する恐れはありますか⁉」

「し、しばらく待ってください、このあと結社よりコメントを出します」

不覚にも記者たちの質問攻めにたじろいでしまった。営業中は開け放しにしている正門を閉めて走りだす。

〝謎に満ちた近寄りがたい結社〟――アルカナ・グランデ帝国の民が長年抱いてきたドラゴンギルドの印象は、マリーレーヴェ三世直属の組織に移ってから〝謎に満ちた興味深い結社〟へと変わったらしく、事あるごとに新聞各社が取材に来るようになった。しかしリーゼは記者という生き物がどうにも苦手だった。竜かぜが発生して半日も経っていないのに、いったいどこから嗅ぎつけたのか。

『ゴシップ記者は魔物並みに鼻が利くからな』――サージェントの言葉を思い出し、まったくだと辟易しながら駆け込んだ事務室には、手帳を片手に話し合うメルヴィネとオリビエ、タイプライターを打つレスターがいた。

「リーゼさん、おかえりなさい！」

「ボス、なんで息切れしてるんです？」

「おかえりなさい。エドワードさんはどちらに？」

「エドワード老は陛下のところに置いてきた。このあとアンバーを見舞いにサージェントの屋敷へ行くからいいんだ。それより、正門に群がってる奴らをどうにかしねえと。……頼むぜ広報担当」

気合いを入れ、片眼鏡をカチャリと鳴らして言ったが、ウェスト・コート姿に腕貫をしている中堅バトラーは「はあ」と気の抜けた返事をした。

オリビエから無地の用紙を受け取り、空いている席に座る。

竜かぜは成体の竜だけが罹る疾病だ。帝都民を絶対に不安がらせてはならない。人間には無害の病原体であることを伝えるべく、リーゼはペンを走らせた。

手渡したメモを、レスターはクリップボードに挟んで読み、立ち上がる。

両腕のアームカバーを外しテール・コートを着ると、黒縁眼鏡をくいっと動かした。

「では行ってきます」

「おう……」

「レスターさん、がんばってくださいっ」

もじゃもじゃの髪を揺らして、長軀の猫背が事務室を出て行く。リーゼとオリビエとメルヴィネはあとをついていき、正門の近くに立つ木に隠れた。

記者たちが声をあげる中、レスターは正門を全開にする。

「ご苦労さまです。お待たせしました」

「コメントをお願いします！」

「竜かぜの詳細を教えてください！」

大勢に詰め寄られても、立てつづけにカメラの閃光電球を向けられても、ドラゴンギルドの広報担当は動じない。クリップボードを一度も見ずにすらすら話しだした。

「まず初めに一点、弊社専属医師の見解をお伝えします。このたび竜の一族が罹患した感冒――いわゆる〝竜かぜ〟の病原体は、成体の竜のみを宿主とするものであり、人間および魔物には無害であります。帝都民の皆さまは殊更不安に思われていることでしょう、新聞社各位はこの点を広く報知いただきますようお願いします。ではつづきまして、弊社内で竜かぜが発症し蔓延した経緯を――」

口煩く質問していた記者が一斉にメモを取りはじめ、静かになる。

「あいつ、すげえな！」

「ボス、声がでかいです」

リーゼは木陰に隠れている意味がないほどの大声を出してしまい、オリビエに叱られた。

過度に緊張するテオは不向きと判断し、ジュストには『絶対に絶対にイヤ！』と拒否されて、残ったレスターを広報担当に決めたのだが、竜結社の仕事人はその能力をさらりと発揮する。

「やっぱり魔物なんじゃねえか？」

「レスターさん格好いいです……！」

「これで朝、自分で起きられりゃあ完璧なんですけどね」

低い声で冷たく言い放たれたそれに、リーゼとメルヴィネはぎょっとしてオリビエを見た。

ガーディアンの巣で暮らすようになってからも毎朝律儀にレスターを叩き起こす鴉は、先輩バトラーにも厳しい――。


『成体の竜だけが罹る、ひどい風邪のことだよ』『あれは竜を相当苦しめる』――ジュストとマリーレーヴェの言葉通り、竜の兄弟たちはあらゆる症状に苛まれることになった。

朝は喋っていたサリバンだが、リーゼが顧客回りを終えて戻った夜にはさらに熱が上がり、会話がままならなくなっていた。大量の汗をかき、朦朧としていて、コック長たちが「食べやすいだろうから」と作ってくれたポリッジすら摂取できない。リーゼが口移しで飲ませた水をどうにか嚥下して眠る。

サージェントの屋敷を訪ねたエドワード老も、熱を出して震えるアンバーを見守るしかできなかったという。唯一安心なのは、屋敷に執事のハイラムとメイドのイヴリンがいることだった。彼らは蠟化した吸血鬼の死骸〝屍蠟体〟で睡眠を必要とせず、昼中も深夜も付ききりで看病してくれるためアンバーが独りになる心配はない。

年長のサロメからシャハト、若いナインヘルまで、皆が高熱や頭痛や関節痛に苦しみながら眠りつづけ、ドラゴンギルドは通常と異なる静けさに包まれた。リーゼは臨時休業の延期を検討せざるを得なくなる。

しかし、竜かぜ発生から三日目の早朝、フォンティーンが食堂に姿をあらわしてバトラーたちを驚かせた。

トレイを持ってカウンターに立っていたアナベルとテオとオリビエが駆け寄る。

「フォンティーン！　もう大丈夫なの？」

「ああ。どこも悪くない。熱も下がった」

「さすが一族ナンバーワンのタフ・ドラゴンだぜ！　最初に復活するのはナインヘルかフォンかバーチェスかなって話してたんだ。な！」

「はい。けど、まさか二日で治るなんてな……本当にすげえよ」

コック長らも加わり、皆でフォンティーンの完治を喜ぶ。

一人で朝食をとるリーゼも、口の中をミートパイでいっぱいにしながら感心のまなざしを向けた。普段と違うのは腰まで届く銀髪をおろしていることだけで、軍服を纏う屈強な体躯は病み上がりには見えない。

「ジュストの献身的な看護があったからこそ、早い回復が叶った」

「そんなことないよ、水を飲ませたり氷嚢を換えたり、看病のしかたはみんなと同じだよ」

意味深げに微笑み合うフォンティーンとジュストを目の当たりにしたリーゼは即座に感心の

まなざしを消し、白い視線に変えた。

むっつりスケベなこの水竜は、エリスやメルヴィネにいいところを見せたいという下心だけで完治させたのだ。そして、医師に適切な看護を求めたのではなく、美魔に淫らな治療方法を強要したに違いない。

『またフォンくんのこと悪く考えてるでしょ』――サリバンがいればすぐに察して、リーゼの愚痴を聞いてくれる。でも今日も隣にいないから、しかたなく黙ってミートパイをむしゃむしゃと頬張った。

午前七時――。臨時休業中で出勤者の数が少なくても、脱衣室での朝の打ち合わせは欠かさずおこなっていた。

「エドワード老とフォンティーンを遊ばせておくのはもったいない。テオ、急を要し且つ短時間で処理できる任務を二件、選び出せ。午前中のみだが本日より営業を再開する」

「イエス・サー！」

「オーバーホールと洗浄、久しぶりな感じがするね」

「防護服のチェック忘れんなよ」

「了解しましたっ」

バトラーたちは早々の営業再開を喜んで言葉を交わす。テオが数を確認しながら言った。

「ええっと……竜は二機でバトラーは七人か。リーゼさん、担当バトラーは決めずに、適当に分かれていいですか？」

「ああ、かまわねえぜ」

「じゃあみんな分かれてくれ」

「はーい」

テオの掛け声で皆が猫脚の肘掛椅子から立ち上がり、移動を始める。

気に入りのバトラーたちは必ず自分のところへ来るという自信があるのだろう、フォンティーンは余裕綽々としていて、リーゼは心の中で「ふん」と悪態をついた。

しかし、結果は思いもよらないものに——否、リーゼの最も理想とするものになる。

オリビエ、エリス、アナベル、メルヴィネの四人が、頬を少し赤くしたり可愛らしく後ろ手を組んだりしてエドワード老を囲んだのだ。

「……………」

広い室内に奇妙な沈黙が漂う。

テオとジュストがぱちぱちとまばたきをして、レスターが黒縁眼鏡をくいっと上げる。リーゼは持っているクリップボードで口を押さえ、噴き出しそうになるのを懸命に堪えた。

フォンティーンが短く言い放つ。

「なぜだ」

報われないフォンティーンのことを、「私たちがいますよ」とレスターが静かに励まし、リーゼはいよいよ堪えきれなくなった。テオと一緒になってげらげら笑い、ジュストがあきれ顔をする。

「もうっ、ボスってば本当におとなげないんだから」

「エドワードさん、すげえ！　さすが一族最強のモテモテ竜！」

「そう？」

テオが笑いすぎて滲んだ涙を拭い、エドワードは目を糸のように細くしてにこにこ微笑む。

諦めきれないフォンティーンは一歩踏み出し、兄竜を囲むバトラーの背に声をぶつけた。

「エリス、なぜだ」

「なんで僕!?」

ビクッと肩をすくめるエリスに、オリビエが紅い唇の片方を上げていたずらっぽく笑う。

「ご指名だぞエリス、フォンに付いてやれよ。エドワードさんは俺たちに任せろ。余裕でいけるよな、アナベル、メルヴィネ」

「はい！　エリス、エドワードさんと僕たちのことは気にしないで」

「フォンとの時間を大切にしてくださいねっ」

「オリビエ恨むよ！　アナベルとメルヴィネは相変わらず息ぴったりでひどい天然だし！」

エリスはぷりぷり怒りながらもフォンティーンのところへ行き、身長十五テナー（約二百センチ）の竜を見上げて祈る仕草をする。

「お願いだから〝眠い眠い地獄〟だけはやめて……」

「あははっ」

全員が軽やかな笑い声を立てて、フォンティーンは満足そうにうなずく。

出勤者は少ないけれど、脱衣室はいつもの賑やかさに包まれた。


高熱は一向に下がらず、竜たちを苦しめる症状も治まる気配を見せない。

意識が混濁しているサリバンに少量のゼリーを食べさせ、薬を飲ませる。寝台に寄せた椅子に座り、熱い手を握って様子を見守る。そうしてようやくサリバンの寝息が聞こえはじめた、午前一時四十分──。

リーゼは煙草の紙箱と灰皿を持ち、真夜中の医務室へ向かった。

引き戸をカラカラと開けてすぐに、消毒薬の匂いが漂ってくる。ランプがひとつだけ灯された部屋には誰もいない。淡いオレンジ色と薄闇色が混ざった室内を進む。

医務室の奥にあるラボラトリーは月明かりのみで、さらに暗かった。上半分がガラスになっている扉から中を確認すると、白衣を着たジュストが顕微鏡を覗き込んでいた。

美魔は夜行性の魔物だから、暗いほうが作業しやすいのだろう。

ガラスをコンコンと叩き、顔を上げたジュストへ向けて煙草の紙箱を軽く振る。

リーゼが愛用している高級紙巻き煙草〝処女の蜜腺〟の紙箱と気づいたジュストは、ぱっと笑顔になって扉を開いた。

「ちょっと休憩を……って、ラボに煙草はまずいか。茶にすればよかったな」

「ううんっ、廊下ならぜんぜん大丈夫だよ。ありがとう、嬉しい」

ジュストは白衣を脱いで薄手のカーディガンを着た。医務室を抜け、縦長の窓が等間隔に並ぶ廊下に出る。

灰皿を窓枠に置いてマッチを擦ると、シガレットを咥えたジュストがアプリコットオレンジの髪を耳にかけながら顔を近づける。リーゼは同じマッチで自分の煙草にも火をつけた。

「任せっきりで悪いが、どうだ？　抗体薬はできそうか？」

「うん……。エドお爺ちゃんの血から──竜の血液から抗体を取り出す作業に少し手間取ってしまって。でも明日か明後日には精製できると思ってる」

「猛毒を扱ってんだ、焦らず慎重に進めてくれ。竜たちはまとまった休みを取ってると思えばいい。まあ唸ってるか寝てるかだけどな」

「すごく可哀想だけど……確かに、竜かぜが発生したのは、ドラゴンギルドが創立してからずっと働きっ放しだったあの仔たちを少し休ませてあげなさい、ってことなのかもね」

「そうだ、休ませたらまたばりばり働かせろってことだ」

「ふふ。サタン・オブ・ギルド……」

ジュストは紫と桃色の瞳を細めて、美味そうに〝処女の蜜腺〟を喫む。

二人同時に紫煙を吐き、静かな廊下が甘く苦い薫りで満たされる。

「竜は休んだから次はバトラーの番だな。この春から夏にかけて、交代で一週間ほど休暇を取らせるつもりだ」

「ほんとっ？　みんなすっごく喜ぶよ！　いい季節だもんね、テオはオーキッドと婚前旅行に行くんじゃない？」

「ああ、行ってくるといい。南の島でも、世界の果てへでも、あいつ一人でな」

「もーっ、せっかく素敵な話になりかけてたのに」

ジュストは肩を揺らして笑い、ぎりぎりまで喫んで短くなった紙巻き煙草を灰皿にそっと押しつけた。リーゼは二本目を咥える。

「シガレットありがとう。元気出た」

「夜はしっかり休めと言いたいが……、竜たちのために、あと少し踏ん張ってやってくれ」

「うんっ。平気だよ、僕、夜行性の魔物だから。——父さんと一緒でね」

世界で最も可愛く美しい息子を力いっぱい抱きしめてやろうと思ったのに、ジュストは甘い声で「おやすみなさい」とささやき、早々に医務室の奥のラボラトリーへ消えていった。

二日後の午後一時三十分――。リーゼは執務室からフェンドール支社のリシュリーへ電話をかけた。

「さっきフォンティーンが抗体薬を持って発った。夕方には支社に着く」

『ジュストが作ってくれたものだね？　ありがたい……！』

「そうだ。抗体薬はフォンティーンがファウストに打つ。フェンドールの医者に打ってもらうのが最良なんだが、高熱を出している竜の身体は未知な部分が多く、注射針で開いた極小の穴からも血を噴く恐れがあるからな。リシュリーも注射に立ち会うなら、防護服、ゴーグル、マスク、すべて着用しろ。オーバーホール時と同様の完全防備で立ち会え」

『イエス・サー、必ず。本当にありがとう！　……それにしても驚いたよ、〝竜かぜ〟というものが存在していたとは。この数日で魔物に関する書籍や資料をたくさん読んだけれど、どこにも載っていなかった』

「もともと情報の少ない疾病で、さらに百四十年ほど発症が確認されてなかったからな。資料はほとんどないはずだ。不覚だが俺もすっかり忘れてしまっていた」

『そうだったのか。百四十年も沈黙していた病原体がなぜ今ふたたび発生したのか調べたくなるね。たとえば、魔物狩りが終結して魔物の動きが活発になり、行動範囲も広がって、知らず知らずのうちに病原体を運んでしまった――とか』

「なるほど……。その可能性は充分にあり得るな」

調査を得手とするリシュリーらしい考えにリーゼはうなずいた。

先ほどから二人の会話に『りしりーっ！　がーぅ。りしりー！』という雄叫びが挟まってきている。退屈なモンスーンがリシュリーを呼んでいるのだろう。ガサガサと音がして、声がさらに近づく。

『りしりー、おはなし。だれ？』

『お話の相手はリーゼだよ。──あっ、モンくん、だめだ、よしなさい！　モンスーンっ』

『りーじぇ！　あのね！　ふぁーくん、アチチなの！　ウンウンって！』

受話器を取ったモンスーンが、ファウストが高熱で唸っていることを懸命にリーゼに伝えてくれる。そのメガトン級の可愛さに鼻血が出そうになる。

鼻孔が血で濡れていないか、指で確認しながら返事をした。

「そうだ、ファウストは熱が出てる。近づくなよ、危険だぜ。やっぱり寂しいだろ？　ファウストなんぞやめて俺のところに帰ってこいよ。なあ、モンスーン」

『ム？』

モンスーンはいきなり飽きたらしく、受話器を甘噛みしだす。『うがーっ、がふっ』という可愛らしい声をずっと聞いていたいのに、リシュリーが受話器を奪い返したようだった。

『もしもし、すまない、話が途中で──』

「なんで代わるんだよ」

『ええっ。……と、とにかく、ジュストが送ってくれた飲み薬は毎日ファウストに飲ませているし、フォンティーンの到着を待って、抗体薬を打ってもらうよ。なにかあればすぐ電話をかけ……こらっ、モンスーン、待ちなさいっ。——ではまた』

モンスーンが『ふぁーくん、さみしいの、だめ！』と元気よく叫び、『はいはい……。巣へ戻ろう』とリシュリーがつぶやくところまで聞こえて、通話は切れた。

「………」

リーゼは受話器を置き、腕を組んで首を捻った。

モンスーンは世界一、否、宇宙一可愛い幼生体である。彼に対するリシュリーの億劫そうな態度は、いったいなんだ。

「ものには向き不向きがある。あいつは治者の資質を持ってるし、魔物と人を束ねることに長けているが、生活面が不器用すぎて育竜にはまるで向いてない」

モンスーンを本社へ連れ戻す理由を考えているものの、これも今ひとつのように思えて、リーゼは諦めて黒革の椅子から立ち上がった。

「巡回するか」

本社で病臥している十機の竜は、今朝ジュストに抗体薬を注射してもらった。

『バトラーのみんなが大変になるのは、竜の意識がはっきりしだす今からだから』——朝の打ち合わせでジュストが説明したことを思い起こす。

『世界で一番大きいあの仔たちは、目に見えないほどの小さな病原体が自分を傷つけることを理解できないんだ。〝風邪をひく〟っていう概念がないから、どうして頭痛がするのか、身体が痛くて動かせないのか、わからなくて、弱気になったり悲しんだりしてしまうの。いつも以上に寂しがって甘えてくると思う。だから普段の二倍……ううん、三倍優しくしてあげてね。竜を独りぼっちにしないで。必ず誰かがそばにいるようにしてね。ボス、巣を巡回してみんなを励ましてよ、僕も帰ってきたらすぐ診てまわるから』

一族最後の美魔少年は来るべくしてドラゴンギルドに来たのだろうな──執務室を出て廊下を歩くリーゼはしみじみ考え、ウムウムとうなずく。

竜の生態を熟知し、彼らを守る唯一の存在、魔女。しかしそれも昔話となった。ジュストの竜たちへの理解と愛情は魔女を凌ぐ。魔女の一族とジュスト、どちらも見てきたリーゼだから言いきれる。

ジュストは現在、アンバーに抗体薬を打つためにサージェントの屋敷へ専用車を走らせていた。巡回を始めたリーゼはまず自身の巣へ向かう。

扉を開くと、虫の翅音のようなかすかな声が聞こえてきた。

「……リーゼくん、どこぉ……？　いないの、やだ……、寂しい。リーゼくーん……」

「さすがはジュスト、抗体薬の効果覿面じゃねえか。顔色もよくなっ、て──」

「あーっ！　リーゼくん、どこ行ってたの!?　どうしてベッドの中にいないのっ？　リーゼくん、ぼくのリーゼくんっ！」

「……」

復調の兆しを喜んだのも束の間、サリバンの異様な勢いにリーゼは閉口する。会話できないほど意識が混濁しているときは心配でならなくて、早く治るようひたすら願ったが、いざ喋りだすと喧しいと思ってしまった。

抗体薬のおかげで目覚ましい回復が見られるものの、まだ熱があり、頬も赤い。思うように身体を動かせないサリバンが懸命に手を伸ばしてくる。

「リーゼくん。ねえ……よしよし、して」

「あ？」

苛立ったリーゼはしかし、ジュストの『いつも以上に寂しがって甘えてくると思う』『普段の三倍優しくしてあげてね』を思い出す。

「よしよしして……、早くして。ベッド入ろうね」

厚かましく催促してくるシルフィードは、かぶっている毛布をめくって「はい、どうぞ」と微笑み、ズズッと洟を啜った。

リーゼは「はい、どうぞ」を無視した。完治までの辛抱だと己に言い聞かせて、金髪を梳き頭を撫でる。するとサリバンは無駄に可愛い子ぶって唇を尖らせた。

「ちがうよォー。頭なでなでも大好きだけど、そうじゃなくって、リーゼくんのおしりの孔でぼくのペニスよしよしイイ仔して、って、こと──」

ぶち、と己の血管の切れる空音を聞いたリーゼは、頭を撫でていた手を広げて竜の額をつかむ。指先に思いきり力を込め、容赦なくぎりぎりと締め上げた。

「ぎゃあ……！」

口が利けるようになった途端、この凄まじい猥言である。

サリバンと兄弟たちのことが心配で仕事が手につかず、夜も眠れなかった数日間を丸ごと返せと言いたい。しかし会話するのも腹立たしくて、リーゼは黙って手を離した。

「うぅ、ひどぉい……。え……リーゼくん怒ったの？　どうして……？　──あっ、行かないで！　リーゼくんがいなかったら寂しくて死んじゃう！」

永遠に寝てろよ変態竜──喉まで出かかったそれを呑み込み、大股でどすどす扉へ向かう。

「おねがいぃ、ここにいてぇー……寂しいよぉ、リーゼくぅん……。死ぬーぅ……」

掻き消えそうなひょろひょろの涙声を、バタン！　と扉を閉めて完全に遮断した。

怒りがおさまらないまま廊下を歩く。皆が心配しているのをわかっていながら、なぜ「楽になってきた」のひとことが伝えられないのか。口移しで水を飲ませ、夜じゅう手を握っていたことがばからしくなった。

「あの変態竜だけ最初から仮病だったんじゃねえか？」

吐き捨てるように言って気持ちを切り替え、扉を叩く。

火竜の巣は、ナインヘルが集めた多くのがらくたときらきら光るものがアナベルによって配置され、心地いい乱雑さがあった。

アナベルがぺこりと挨拶してくる。メフィストとリピンが乗っている寝台を覗き込むと、ナインヘルは顎まで毛布をかぶり、まぶたを閉じていた。

「ナインヘル、どうだ？　少し楽になったか？」

「さむい……おれはもう死ぬんだ。たぶん頭が割れて死ぬ……」

「へ？」

予想もしていなかった弱々しい言葉がガサガサに嗄れた声で紡がれて、リーゼは物凄くびっくりしてしまった。

『弱気になったり悲しんだりしてしまうの』――弱さとはまるで無縁の、獰猛な性格のナインヘルが、ジュストの言った通りになっている。

――竜かぜ恐るべし、だな……。

呆気に取られるリーゼをよそに、メフィストとリピンは大粒の涙をぽろぽろ落とした。

「わぁーん、うわーん！　ないんへるーっ」

「ナインヘルさまが死んじゃったら、ぼくもただのほこりに戻って消えちゃうよー！」

「うるせえ……頭に響く。黙ってくっついてろ……」

「あいっ」

メフィストとリピンは毛布に潜り込み、それぞれ右頬と左頬にくっついた。挟まれたナインヘルがズビッと洟を啜る。ちびたちに両側から頬をぎゅうぎゅう押されてもナインヘルがおとなしくまぶたを閉じているのは、寂しさが薄くなるからだろう。

「ナインヘルもリピンもメフィストも、ずっとこんな感じです。つらいのは今だけだよ、ジュストさんが抗体薬を注射してくれたから、もうすぐ治るよって何度か言ったのですが……」

わりと柔軟性があるアナベルはこの状況に慣れたようで、ぴったり寄り添う三匹の魔物に微笑みかける。

「ナイン。鼻をかんで水を飲んだら、少し眠ろうね。はい、チーンして」

金髪碧眼の魔女は素晴らしく優しい。ナインヘルが孤独に苛まれていないことを、リーゼは心から嬉しく思う。世界最大・最強種を誇るサラマンダーが「ぶびーっ」と鼻を鳴らすところはできれば見たくなかったが、しかたない。

「まあ、完治するまで安静にな」

また「さむい。死ぬ……」とつぶやくナインヘルと、ぺこりと頭を下げるアナベルに告げて巣を出た。

火竜の衝撃的な姿に少し動揺しつつ、水竜の巣の扉を叩く。

椅子に座るメルヴィネが寝台に顔を伏せているのが気になるが、サロメの頬が赤みを帯びていることに安堵した。

「サロメ、楽になってきたか？　兄弟みんな高熱で赤い顔してんのに、おまえだけ真っ白だったもんな。顔色が戻ってよかったよ」

サロメはまぶたを閉じたまま唇をゆっくり動かす。

「リーゼ……。古くからの友として……私の願いを、どうか……聞き届けてください」

「願い？　なんだ？」

「私が死んだら……、骸を……海底帝国に沈めてほしいのです。そうすれば、肉体が朽ちても魂だけとなって、魔海域を守りつづけることができますから……」

「難儀だな、おまえもかサロメ」

ナインヘルといいサロメといい、明らかに快方へ向かっているのに、どうしてこうも悲観的なのか。そしてなぜメルヴィネは「ぼくも海底帝国へ連れていって……」と泣いているのだろうか。確か、ジュストの説明を熱心にメモしていたはずだが。

サロメとメルヴィネはいつの間にか手をつないでいる。オンディーヌは長い銀色のまつげを震わせた。

「メル……あなたを連れて逝くことを、許してくれるのですか――」

「うんっ！　サロメとぼくはずっとずっと一緒だよ！」

「今のところおまえたちが一番心配だぜ」

この水竜と人魚は普段から二匹だけの世界に入りがちなのでもう放っておく。

「おいメルヴィネ、サロメになにか食べさせろよ。食ったほうが早く元気になる。完治するまで安静にな」

「はいっ！　イエス・サー！」

普段控えめなメルヴィネが放った渾身のイエス・サーは、今ひとつ信用ならない。気が向いたらふたたび様子を見にくると決めて巣を出た。

リーゼが励ますべき竜はあと七機いるが、皆こんな調子なのだろうか。ややげんなりしつつガーディアンの巣の扉を叩き、中に入って驚く。

応接セットが壁に寄せられて、空いた場所に竜専用の大きな寝台が置いてあった。ふたつの寝台のあいだにはテーブルが設置され、オリビエが氷嚢を作っている。リーゼに気づいて作業の手を止めた。

「バーチェスをベッドごと運び入れたのか？」

「はい。フォンティーンが運んでくれました。ガーディアンもバーチェスも『寂しい、寂しい』ってうるさかったですけど、一緒にすると静かになりました。巣を行き来する手間が省けますし、二機同時に水を飲ませたり氷嚢を換えたりできるんで、世話するほうも楽です」

リーゼは腕を組み、ウムウムとうなずきながらオリビエの説明を聞いた。さすがは仕事の効率を追求するバトラーである。

「おいリーゼ、なんなんだよ〝竜かぜ〟ってー。身体が動かねえぞォ、どうなってんだ」

「病原体とやら、我ら竜の一族に無断で寄生するとはずうずうしいにも程がある」

バーチェスもガーディアンもいつもと同じ調子だが、ひどい鼻声だった。リーゼとオリビエは笑う。

「これだけ文句を言えりゃあ治ったも同然だな」

「ですね。……シーモアもめちゃくちゃ寂しがって泣いてたのでシャハトの巣に移動させました。キュレネーも一緒に寝てます」

「シャハトの巣に三機いるってことだな。わかった。助かるよ」

「おーいオリビエー、はなみず垂れてきたぞー。気持ちわりい、拭いてくれよー」

「俺を愛しているんだろう、口移しで水を飲ませてくれ、たっぷりとな」

「へへっ、そりゃいい。飲ませてやれよ、でも先におれのはなみずどうにかしてくれ」

「うるせえ！　二機とも無駄口叩いてねえで寝ろ！　ぶり返しても知らねえからな！」

オリビエはガーディアンの口にストローを突っ込み、バーチェスの洟をごりごり拭く。

「愛がない」「鼻が捥げちまう」とぎゃあぎゃあ騒いでちっとも静かでない魔物たちに「完治するまで安静にな」と告げて巣を出た。

次に向かうシルフィードの巣には、おそらく婚約浮かれ野郎がいる。

コン…、と聞こえないくらいの小さなノックをして静かに扉を開くと、声が聞こえてきた。

――オーキッドは元気になったらなにしたい？

──んとね、えっとね……テオと街へ行って、お買い物とお茶したい。テオと一緒に南の島へバカンスに行くの。あとね、テオとジュストとアンバーと、もっとみんな、ギルドのみんなでピクニック……。

──よしっ、全部やろう、楽しいことばっかりだな！　早く完治しなきゃな。もうちょっとだぞ、一緒にがんばろうな。

──ウン。ねえ、テオ、ジュストはどこ？　お薬ありがとうって言うの……。

──ジュストはサージェント閣下の屋敷（やしき）へ行ってるから、帰ってきたら伝えような。コックたちも竜のこと心配してってさ。オーキッドの好物を作ってくれたんだ。桃（もも）のコンポートとアップルシャーベット、アプリコットジャム。どれにする？　みっつとも少しずつ食べようか。

──ウン。

──じゃあ、アップルシャーベットからにしよう。ほれ、口開けろ。あーん。

──あーん。……わぁ。冷たくて美味（おい）しい。

──そうか、美味（うま）いか、よかったー！　美味いって感じるのはどんどん治ってきてる証拠（しょうこ）なんだぜ。ほい、あーん。

──あーん。

「………」

この巣には竜を完治させるための確かな優（やさ）しさと甘さがあり、寂しさはいっさいなく、リーゼの励ましも誰の見舞いも必要ないことがわかる。

「オーキッド……、完治するまで安静にな……」

リーゼは可愛いシルフィードへ語りかけて微笑む。そして、いずれテオに一週間の休暇を与え、一人で世界の果てへ向かわせるとかたく誓い、そっと扉を閉めた。

飴色の大階段をおりてジェイドの巣の扉を叩く。

入ってすぐに「リーゼさんっ？　助けてください！」という元気な声が寝台のほうから聞こえてきた。

ジェイドが背まで毛布をかぶり、うつ伏せてまぶたを閉じている。制服姿のエリスも同じように寝台にうつ伏せ、竜の裸体に押し潰された状態でじたばたもがいていた。

エリスを抱く筋肉質の腕には、美しい翡翠色の鱗と、発熱による汗が浮かぶ。リーゼはテール・コートのポケットからハンカチを取り出し、汗を拭いた。

「成体になって一年もしないうちに竜かぜに罹るのはさすがに可哀想だよな。少しは楽になったか？」

「うん。身体まだ熱いけど、昨日より、ずっとまし……。ジュストにお礼を言わないと……」

「ジェイドもオーキッドもイイ仔だな。兄竜たちは嘆くか文句言うかで、ジュストに抗体薬を打ってもらったことを忘れてそうだ」

「リーゼさんっ、僕のことも可哀想だと思ってください！　ジェイドすごい剛力です！　たぶんほとんど治ってます！」

誰をも魅了する美貌にほんのわずかのあどけなさを残すジェイドは、エリスの背に頬をぐりぐり押しつけて嬉しそうに言う。

「こうしてると、寂しくないし」

「そりゃいいな。おいエリス、一瞬たりとも寂しがらせんなよ、治りが遅れる」

「えー！　ジェイドに甘すぎませんかっ？　これがテオとオーキッドだったらすぐさま引き剝がしてますよね!?　ね！」

カッ、と目を剝いてエリスを睨みおろし、ジェイドへにこりと微笑みかける。

「完治するまで安静にな」

「うん。……エリス、服、じゃま。脱いで」

「やめてー！　脱がない！　リーゼさんもう行っちゃうんですかーっ」

エリスの嘆きに片手を軽く上げて応え、ジェイドの巣を出たリーゼは、ふたつ隣の扉を叩いた。

オリビエから聞いた通り、シャハトの巣にも寝台が増えている。

ソファではエドワード老がうとうととまどろみ、隣に座って本を読むレスターがリーゼに気づいて立ち上がった。二人で寝台へ近づく。仰臥するシャハトと、マスクをつけたキュレネーが手をつないで眠っていた。

「竜かぜに罹患した日から、キュレネーは咳がかなりひどくて眠れず、シャハトはキュレネーが心配で眠ることができていませんでした。ジュストさんに抗体薬を注射してもらったあと楽になったようで、二機とも熟睡しています」

「そうか。よかった……」

本当はシャハトではなくリーゼがキュレネーと手をつなぐべきなのだが、ようやく眠れた彼を起こすことだけは絶対にしたくない。シャハトの赤毛とキュレネーの銀髪を一度ずつ、そっと撫でて、もうひとつの寝台へ向かう。

コホコホと小さな咳をするシーモアもマスクをつけていた。幼生体のフェアリーが成長した身体を丸めて兄竜にくっついている。

四機の竜と一機の幼生体と一人のバトラー——ここが最も大所帯なのに、どの巣よりも落ち着いていて静かだった。

レスターが小声で「フェアリー」と呼びかけ、オンディーヌの幼生体が細い首を伸ばす。

「リーゼさんがシーモアのお見舞いに来ました。ソファへ移動しましょう」

「ウン。レスター、抱っこ……」

「あなたは大きくなったので、抱っこが難しくなってきました。手をつなぐのはどうですか」

首を横に振るフェアリーがたちまち金色の瞳を潤ませて、レスターは急いで抱き上げる。

リーゼは寝台のそばにある丸椅子に腰かけた。

「シーモア、大丈夫か？　少しは楽になったか？」

「ウン……ジュストが薬をくれて、フェアリーがひんやりしてて、苦しいの減った……。みんないるから、さみしくないよ。リーゼも、おみまい来てくれてありがと……」

「寂しくないか、よかった。シーモアが元気になったら、ひとまわりでかいケーキを焼いてやるってコック長が言ってたぜ。楽しみだな」

「ほんと？　うれしいー……早く元気になりたいな」

「寝たほうが早く治るぞ。眠れそうか？」

丸々とした手を取り、もう片方の手で肩をトン…トン…、と優しく叩く。安心したのか、シーモアはまぶたを閉じてすぐ眠りに落ちた。

その様子を微笑ましく見守っていたが、はっとなる。

シーモアは鼓膜が破れそうな鼾をかくのだ。ドラゴンギルドで働くバトラーが初期に覚えるのは『シーモアが眠ったら走って巣を出る』だった。

リーゼは土竜の丸い手を毛布の中に入れ、慌てて立ち上がる。

「レスター、避難だっ」

「大丈夫です。マスクをしていますから」

「マスク？」

振り返って見ると、シーモアは「ぐー。ぶぉー」と小さな鼾をかいていた。寝台に近づいたレスターが寝顔を覗き込んで言う。

「マスクをつけると、地鳴りのような鼾が標準以下になることが判明しました」

「ほう！　そりゃすげえな」

「竜かぜは非常に厄介ですが、この〝マスクによるシーモアの鼾消音〟は、ジュストさんの抗体薬精製に次ぐ賜物と思われます」

黒縁眼鏡をくいっと上げるレスターと、深くうなずくリーゼのところへ、フェアリーがのしのし歩いてくる。

「レスター、抱っこ……」

「あなたは大きくなったので……、――うぅむ」

常に洒々落々としていて、なにごとにも動じない。そんな中堅バトラーが戸惑うところを、リーゼは初めて見た気がした。

レスターに抱き上げられたフェアリーは嬉しそうにして、「リーゼ、ばいばい」と、美しい蹼が目立ちはじめた前脚を振る。リーゼも笑顔で手を振り返した。

しかし巣を出て真顔になった。廊下を歩きながら腕を組み、首をかしげる。

フェアリーはもうバトラーに抱っこをねだる年齢ではない。自身の体軀が成長したことに気づいていないのだろうか。

「いや、それよりフェアリーのやつ、レスターにばっかり『抱っこ』って言ってねえか……？」

まさか、あの長軀で猫背のもじゃもじゃ頭を所有する気なのでは——非常に嫌な予感がしたが、いま飼育小屋が卵だけになっていることに気づいたリーゼは予感をすぐに忘れた。

飴色の大階段をおりてエントランスホールを抜け、飼育小屋へ駆けていく。

緑色の卵、水色の卵、そして黒に金砂を纏う卵は、早咲きのチューリップの群生に囲まれていた。

「寂しい思いをさせて悪かったなあ。今日はバトラーたちの手が空いてなくてな」

優しく語りかけて撫でると、うっすらと透けている殻の向こうで、幼生体が大きな瞳をきょろきょろさせたり、目を糸のように細くして「みゃー」とあくびをしたりする。

「たまらねえな！　卵の時点で可愛いって、おまえたちどうなってんだ？　孵化してからが恐ろしいぜ」

リーゼはほくほくして卵を磨き、彼らの寝床の藁をふかふかの新しいものに敷き替える。ひとつずつ抱いて散歩しているうちに、あっという間に一時間が過ぎた。

フェアリーもメフィストもバトラーたちも、今日はもう出入りしないだろう。離れがたいが、夜間用のランプをつけて飼育小屋をあとにする。

執務室に戻ると、未処理の書類の山がリーゼを待っていた。

この数日間は竜たちの病状のことで頭がいっぱいだったのでしかたない。テール・コートを脱いでハンガーにかけ、黒革の椅子に座って書類を捌きはじめた。

十五分ほどが経ったとき扉がノックされ、「どうぞ」と返事をする。

熟れた李に蜂蜜をかけたみたいな美魔独特の甘い匂いが漂ってきて、リーゼは書類に視線を落としたまま訊ねた。

「おかえり、ご苦労さん。アンバーはどうだった？」

「アンバーちゃんは大丈夫。サージェント閣下もハイラムさんもイヴリンちゃんもそばにいるから、寂しくて泣いたりしないよ。——可哀想な誰かと違ってね」

やけに棘のある言いかたに、サインする手を止めた。

むっとして顔を上げたが、銀のトレイを持つジュストはリーゼ以上に不機嫌をあらわにしていた。

「竜を独りぼっちにしないでって言ったでしょう？」

そうして薬瓶を突き出してくる。満杯まで入った美しい液体は極めて稀なもので、しかしリーゼには馴染みのあるものだった。

橄欖石と緑玉石を混ぜ合わせたような——。

「自分から落涙するサリバンを見たのは初めて。それも、こんなにたくさん……。僕に謝ってきたよ、『ジュストのこと大好きだけど、リーゼくんじゃないとだめなの』だって」

ジュストが、うずたかく積まれた書類の上に銀のトレイを置く。トレイにはフォークと、林檎や苺が盛られたガラスのボウルが載っていて、それらがカシャンと音を立てた。

「どうしてサリバンを放ったらかしにするの？　『リーゼくんのおしりの孔でぼくのペニスよしよしイイ仔して』って言われたのがいやだったから？」

ジュストが話し終わるより早く、リーゼはペンを放り投げて腕を組み、黒革の椅子に凭れて天を仰いだ。

あの凄まじい猥言をほかのバトラーにまで聞かせるなど、どうかしている。

「救いようのないばかだ」

「あの仔はちっともふざけてないし、ボスを怒らせようとして言ったんじゃないよ」

「は？　おまえまで訳のわからんことを」

「高熱でずっと意識が朦朧としてたんだよ。暗い場所に何日もいて、独りで苦痛に耐えてたの。サリバンは寂しくて寂しくてたまらなかったはずだよ。数日ぶりに意識がはっきりして、目の前に大好きな黒猫ちゃんがいたら今すぐ交尾したいって思うのは当然のことじゃない。ぴったりくっついて安心したいだけ。竜かぜを克服したことを、よくがんばったねって褒めてほしいだけ」

「おまえ、そりゃ医者としての見解か？　それとも美魔の戯れ言――」

「風竜と黒猫の息子として言ってるの」

「…………」

リーゼは、ぐっと口を閉じる。いつもそうだ。息子の顔でねだられると断れないし、諍いになっても勝ち目はない。

そして、ジュストがサリバンの息子でもあり親友でもあり、淫猥な発言に自然体で受け答えできる唯一の存在であることを思い出す。

「すぐにボスを巣へ帰すからねって、サリバンと約束したの。だから今日はもう仕事しないで。昼過ぎからなにも食べてないって言ってた。このフルーツ、絶対に全部食べさせてよ。そのあとは朝までそばにいてあげて。じゃないと本気で怒るから」

「今も充分怒られてるぞ。なんで俺が怒られなきゃならねえのか、よくわからんが」

「まだ怒ってません。執務室は僕が片づけておくから。はい立って、これ持って」

「待てよジュスト、やっと集中して仕事を――」

「サリバンに優しくしてあげてよ、普段の三倍ね、お疲れさままた明日」

ウェスト・コート姿のまま銀のトレイを持たされ、早口のジュストに背をぐいぐい押されて執務室を追い出された。

バタン、と扉が閉まる。陽が落ちた廊下は思いのほか冷えていて、リーゼは「ぶしっ」とくしゃみをした。

「なんだよ。上着くらい着たっていいだろ」

果物が盛られたガラスのボウルを、サロメかシーモアのところへ運んでやろうかという考えが浮かぶ。しかし竜との約束はきちんと果たさなくてはならない。ジュストを背約者にできないリーゼは、片手でトレイを持ち、もう片方の手をスラックスのポケットに入れて、「寒ぃ」としぶしぶ歩いていく。

宵が過ぎた風竜と黒猫の巣は薄暗い。

ジュストが灯してくれたのだろう、ふたつの小さな壁付灯とサイドテーブルのランプが輝き、寝台は温かなオレンジ色の光で満たされていた。

サリバンは静かにまぶたを閉じている。眦や長いまつげは濡れていない。リーゼがそばに立つのを待ち、唇を動かす。

「――ぼく、リーゼくんがどうして怒ったのか、わからなくて……。ジュストは『わからなくていいよ』って言ってくれたけど……。リーゼくん、ごめんね」

やはりどう考えてもあれは弩級の猥言でしかないが、このシルフィードにとっては切なる願いだったのだろう。サリバンとジュストの連係プレーにやられてしまった気がする。リーゼは諦めの溜め息に乗せて言った。

「べつに。もう怒ってねえよ」

「ほんとう？　ああ、よかったぁ……」

銀のトレイをサイドテーブルに置いて椅子に座ると、サリバンはまぶたを閉じたまま器用に手を取り、ぎゅっと握ってくる。緑色の鱗が煌めく大きな手は、まだ少し熱い。

「ぼく……いつ治るの？　早く治りたいよ……」

「おとなしく寝てりゃあ明日には治る。くだらねえことばっかりしゃべるから長引くんだ。フルーツ食って寝ろ」

「フルーツいらない。今すぐリーゼくんとセックスするの」

「おまえ、懲りねえなあ」

「懲りないって……？　だってもう何日もリーゼくんの中にぼくの精液入れてないよ？　若さを保てなくなっちゃう。リーゼくん、おじさんになるのいやでしょう？」

「いいや、まったく。年相応、なによりだ。俺の見て呉れが変わると都合が悪いのはサリバンのほうだろ。千年の恋も冷めるってなー」

「なにばかなこと言ってんの」

おどけて返してくると思ったのに、サリバンの声が急に低くなった。

まぶたが開いて、金色の瞳にまっすぐとらえられる。

「ぼくはリーゼくんが太ったおじさんになってもしわしわのお爺ちゃんになっても心から愛してるよ。千年ってなに？　来世もその次も、そのまた次も、ずっとずっとでしょ。千年なんて短すぎる」

縦長の瞳孔がぐっと狭くなる。声もまなざしも一層真剣さを帯びて、逃れられなくなった。

「一瞬で三十以上も歳を取っちゃうんだよ？　頭や身体じゅうが痛くなるかもしれない。ぼくの涙が効かなくて、リーゼだけが苦しむことになるかもしれない。そんなの絶対だめだ」

「…………」

「それと、ぼく、リーゼがお爺ちゃんになっても今まで通り抱くから」

叱るように告げられて、どきりと胸が高鳴った。なにも言い返せないでいると、サリバンはにっこり微笑み、いつも通りの甘ったるい声を出す。

「リーゼくん。……来て」

指先をほんのわずか引かれただけなのに、リーゼは立ち上がり、寝台に片膝をついてしまった。焦ってサイドテーブルへ手を伸ばし、ガラスのボウルを取って見せる。

「このフルーツ、ジュストが用意したんだぜ。絶対に全部食べさせろってよ。サリバンが食わねえと俺があいつに怒られる」

「えぇー、そうだったの。ジュストに嫌われちゃったら大変だ、じゃあ食べてからセックスしよっか」

「食って寝ろ。——おい、っ」

今度はぐいっと引っ張られて、仰臥している裸体の上にうつ伏せる羽目になった。

リーゼが両手で食器を持ったのをいいことに、サリバンは掻き抱き、両手で身体じゅうをまさぐり、首許の匂いを嗅いでくる。

「久々のリーゼくんだ！　ンンー、いい匂いー、かわいいなぁ。好き、だぁい好き！」

「打ちまけそうになったじゃねえか。ほら、早く食えよ」

「リーゼくんのおくちで食べさせて？　口移しじゃなきゃ食べないもん」

「てめぇ」

リーゼを寝台へ引き込み、腰に両腕をまわしたサリバンは調子に乗りはじめ、つーんとそっぽを向いた。

リーゼは顎をつかみ、苺を捻じ込もうとする。サリバンは頑として唇を開かず「くちうつし、ぜったい、たべるから」と口をもごもご動かして訴えてくる。一刻も早く眠らせたいリーゼは自棄になって苺を咥え、サリバンの唇に押し当てた。

かたく閉じていた唇があっさり開いて、苺が口の中へ落ちる。そのまま唇をぺろっと舐められた。次は林檎を咥えて、食べさせる。唇で苺を挟み、もぐもぐする様子を見ながら待つ。

「ねーぇ、リーゼくんの涎いっぱい付いたのがいい」

「は？　――っ。……おい、またくだらねえこと言うからイチゴ食っちまったじゃねえか」

「あははっ……、リーゼくん、ほんとかわいいねえ」

まだ熱や頭痛でつらいのに、サリバンはずいぶん楽しげに笑う。そうして五十を過ぎた親父を飽きもせず可愛い可愛いと愛でる。

リーゼは、果物を咥えては竜の口許へ運んだ。まぶたを閉じて林檎をシャリシャリと咀嚼している隙に、口移しを装って指で苺を突っ込んだりもした。

おとなしく食べていたサリバンが眉間に皺を寄せる。

「まだぁ？　あといくつあるの」

「あと、ひとつ。これで終いだ」

苺を咥えて、唇へ寄せた。サリバンが二度嚙み、嚥下してすぐに長い舌を入れてくる。リーゼからも舌を絡ませて、口の中が春を告げる果物の香りでいっぱいになる。

ちゅっ、と音を立てて唇を吸われ、アスコットタイをほどかれた。

「ぼくのペニスでスラックス濡れちゃったね。早く脱がなきゃ……、ね？」

小さくうなずく。寝台に引き込まれたときから、竜の生殖器がすでに膨らんでいることはわかっていた。

「自分で脱げる？　脱がしてあげようか」

次は首を横に振り、自分でボタンを外す。スラックスと下着から足を抜くとき、サリバンの陰茎にぶつかった手が、先走りでしたたかに濡れた。腰を抱く両手が下がって、尻の丸みをいやらしく撫でてくる。

「ん……」

「ハァ。小さくてぷりぷりしてかわいい。何日触ってなかったんだろ……頭がおかしくなりそうだった。リーゼくんもおしり寂しかったよね、いっぱい舐めてうんと気持ちよくするね。はい、あっち向いて」

「俺があっち向くと思うか？　入れるならこのまま入れろ、射精は一回のみ、いったらすぐ抜いて寝ろ！」

「どうして……どうしておしり剝き出しにしてそんな言いかたできるの……」

サリバンは尻を揉みしだきながら本気で嘆いた。

精液を体内に注ぎ込みたいという竜の本能は理解できるから、今夜は一度の短い性交に応える。茎が硬くなっているがリーゼは出さなくていい。サリバンを眠らせ、完治させることが最優先だった。

早く治りたいなら寝ろ——そう言おうとして、「あっ」と声が漏れた。

尻の割れ目を開かれ、あらわになった後孔に亀頭が押しつけられる。信じられないほどの熱さに腰がビクンッと震えた。

「あ……！　あぁ、っ——」

「孔は柔らかいけど、中は、狭くなってる、ね」

短い吐息をつき、サリバンが突き入れる動きを繰り返す。ぐっ、ぐっと窄まりが拡げられていく。陰茎が早く入りたがり、内壁が咥えたがってわななくのを互いに感じた。

深くつながりたくて、もどかしさに息を乱す。グチュ、と粘り気のある水音が立ち、長い性器の先がようやく最奥に届いたとき、リーゼは屹立の小孔から白い蜜をわずかにこぼした。

サリバンが身を震わせる。肩や腕の鱗が一瞬だけ逆立つ。

「——っ！　ああ、気持ちいいっ、リーゼくんっ」

「ん……っ。熱、ぃ……サリ、バン」

「リーゼくん最高にかわいい……。すっごく気持ちいいよ……大好き、愛してる」

「あっ、あっ」

逞しい長軀が、ゆさっ、ゆさっ、と揺れるたび、そこに跨がるリーゼの細身やポニーテールまでもが大きく跳ねる。

発熱しているサリバンの抽挿にいつもの激しさはない。けれど、数日間射精をしていない竜のペニスは太く、重くて、一突きごとに腹の奥まで響く圧迫感がひどく淫らだった。

「――はっ、……あぁ、う……」

「あ、だめ」

急に動きを止めたサリバンが眉間に皺を刻み、唇を噛む。そして不満げな顔をした。

「リーゼくん。ぼくのペニス入ってきて嬉しいのはよくわかるけど、おしりの中あんまりキュンキュンさせないで」

「キュ……？　してねえよ」

「してるよォー、……ああっ、ほら今またキュンってしたぁ。いっちゃうから、やめて」

「出しゃあいいだろうが、早くいけよ」

「出さないよ。一回いっただけでおしりからペニス抜かなきゃだめなんでしょ？　そんなの絶対やだ。射精しないで朝までリーゼくんの中にいるんだー。名案でしょ」

発熱による汗を額に浮かばせるシルフィードは、ズズッと洟を啜ってにこにこ笑う。

こいつ本当に完治させる気あんのか——心配しているのに伝わっていなくて、また激しく苛立ちそうになった。しかしリーゼはそれを抑え、ニッと笑い返す。

「俺の尻の孔でよしよしイイ仔してほしいんだろ？　お望み通りやってやるよ」

「えっ？　いい、もうよしよしはいらないっ、……リーゼくんっ」

汗を纏う胸板に両手をつき、尻を振る。竜の粘液に塗れた後孔で、ぬぷ、ぬぷ、と陰茎をしごく。長くて硬くて、たまらなく気持ちがいい。おのずと腰がくねる。リーゼは快感の声を漏らしながら、サリバンの瞳をとらえてささやいた。

「はっ……ぁあ、サリバン……、あっあ……、イイ仔だ、な……」

「うわあーっ！　リーゼくんすごいっ、すっごくやらしい！　——あ！」

さっさといけ、と心の中で言い捨て、生殖器を思いきり締めつける。

「あっ！　あ——、……」

まだ治っていないサリバンは掠れた声をあげ、陰茎を跳ねさせて、溜まった精液をびゅるびゅると放った。竜の長い射精が終わるのを、リーゼはまぶたを半開きにして待つ。

やがてサリバンはハァハァと息を切らし、手足を投げ出した。

「手間かけさせやがって」

「最高にかわいくて、すごくやらしくて……ひどい。ぼくの奥さんは悪魔だ……」

「寝ろ」

腰を浮かせ、硬いままの性器をずるりと抜いた。

跨がっている裸体からおりて横たわった瞬間にサリバンも横臥する。リーゼを滅茶苦茶に掻き抱き、胸に顔をうずめて嘆きだす。

「いやだっ、リーゼくん、寂しいよ……寂しい」

「なんでだよ、そばにいるじゃねえか」

「ずっとリーゼくんの中にいるはずだったのに……。もうはなればなれ、寂しい……」

大仰な言いかたにあきれかけたが、リーゼとの愛欲行為に対する強烈な執着が、このシルフィードの平常だったと思い直す。宥めるために頭をポンと叩いて髪を撫でると、身体にまわってきている腕に一層力が込められた。

「もっと、もっと撫でて、ぼくが眠ってもやめないで。ずっと撫でていて、おねがい」

「わかった、わかった。約束するから寝ろ。ぶり返したらどうすんだ、せっかく治りかけてるのに。頼むからもう寝てくれ」

「約束ね。おやすみなさい……リーゼくん……」

掻き消えそうな声からは想像できないほどの強い力でリーゼを抱きしめ、サリバンは眠り入る。ほどなくして、すぅ…、すぅ…、という寝息が聞こえてきた。

——やっとだ……。

眠ってくれたことに安堵する。穏やかな寝息を聞くのも、本当に久しぶりのように感じられた。

竜かぜに苦しむ兄弟を見るのは、たまらなくつらい。アルカナ皇帝の宮殿群でも、朝の食堂でも、隣にいるはずのサリバンがいなくて、リーゼはこの数日間で何度も心許なさを覚えた。

早く完治して、いつもの笑顔や強さを見せてほしい。バトラーたちが願うのはそれだけだ。

微熱の残る額に口づけたリーゼは、約束を果たすために、眠る風竜の頭や髪を優しく撫でつづけた。


アルカナ・グランデ帝国は、夜の終わりの薄闇色に包まれている。中庭に棲む鶫たちもまだ囀っていない、未明――。

「――ぁあ、……ん」

リーゼは下半身の圧迫感と、勝手に漏れ出た自身の声で目が覚めた。

まぶたを開いたそこに、超絶がつくほどの美麗な貌がある。にこにこと笑っていた。

「リーゼくんっ、おはよ！　治ったあ！」

「へ……？　……あっあっ、サリ、バンっ」

力強い腰つきで長大な陰茎を抜き差しされる。まどろみから浮上すると、中にサリバンが入っているのがリーゼの日常だった。

覆いかぶさってきているサリバンが、腰を揺らしながら人差し指でこめかみをトンと叩き、兄弟たちの様子を確認する。

「サロメもバーチェスも、シャハトくんもキュレネーたちも治ったって！　オーキッドは眠ってるけど大丈夫だと思うよ。あれっ、ガーディアンとナインヘルはまだ完治してないみたい。意外だよねえ」

「竜かぜ、本当に、ひどかったが……、憶えてる、か？」

「そうなの？　あはっ、忘れたあ」

激痛や苦痛を記憶できない魔物は飄々と言った。

「竜かぜなんかどうでもいいよ。それより任務たくさん溜まってるでしょう？　リーゼくんのために、一日に三件くらいこなしちゃうからねっ」

「……………。お、ぅ。頼んだ、ぜ……」

「はぁーい！　でも任務の前に、リーゼくんが大好きなあわあわのお風呂を作って一緒に入ってー、いしてー、リーゼくんが泣いちゃうくらいの気持ちいいセックスいっぱいして、時間たっぷりあるからね。そうそう、朝食もバランスよく選ばなくっちゃ。リーゼくん、ね、お肉とパンばっかり食べてたんじゃない？」

いつも以上に元気なサリバンが嬉しそうに笑うから、リーゼもつられて「大忙しだな」と微笑(ほほえ)む。そうして金色に煌(きら)めく髪を握(にぎ)り、重なってくる唇にみずからも唇を押し当てて、甘く深いキスをした。

帝国暦(ていこくれき)一八七五年、晩冬――。ドラゴンギルドの竜かぜ騒(さわ)ぎはなんの前触(まえぶ)れもなく始まり、突如(とつじょ)終わった。

春はもう、すぐそこである。

あとがき

　こんにちは。鴇六連です。このたびは『竜は四季を巡り恋をする～ドラゴンギルド～』をお手に取っていただき、ありがとうございます。

　夢のようですが、短編集の第二弾を刊行していただきました。

　成体になったジェイドとエリスの始まったばかりの可愛い恋、ファウストが溺愛している卵の孵化、オリビエの里帰り、婚約したテオとオーキッドの初H——これらの話はルビー文庫さんから皆さまへお届けしたいと思っていましたので本当に嬉しいです。ありがとうございます！

　シリーズ最後の一冊ですので、今回は希望してあとがきを四ページ頂戴しました。長くなりますがどうぞお付き合いください。

　ドラゴンギルドは、最初から「このお話を書きたい」と考えたのではなく、当時進めていた和風ファンタジーのプロットが没になり、大急ぎで捻り出した代替案でした。

　いちから考え直すなら……と、和風から西洋へ大きく方向転換し、当時の担当さんに「ドラゴン」のヒントをいただいた私は、イラストレーターの先生がまだ決まっていない状況で、沖麻実也先生のイラストをひたすら見つめながら、産業革命と魔物狩り、時計塔があって、竜やバトラーがいて……と考えていきました。

紅炎竜と魔女のプロットが採用されたときに「沖先生にイラストを描いていただけます！」と伺って、物凄く驚いて大喜びしたことを鮮明に憶えています。

ドラゴンギルドは沖先生のイラストから生まれた物語だと思っています。皆さんを魅了してやまない美麗なイラストの数々に加えて、ＤＧをより面白い世界にするための多くのアイデアと導きをくださり、本当にありがとうございました。

編集部さんが和風ファンタジーのプロットをやめて「別のお話にしましょう」と判断してくださったあの瞬間が、今作のモンスーン誕生につながっていたと思うと、言葉にできないほど感慨深いです。

シリーズ化に尽力してくださった当時の担当さま、シリーズを盤石なものとしてくださった前々担当さま、そして、難しい状況でもＧＯサインを出しつづけてくださった編集長に心より感謝申し上げます。印刷会社さま、校正・校閲の皆さま、ありがとうございました。

さまざまな奇跡と僥倖を頂戴して、二〇一五年から六年間つづいたドラゴンギルドシリーズは、今作で終了となります。でも物語はずっとつづいていくと思っています。

おとぎ話のように、みんなでいつまでも幸せに暮らしました……も素敵ですよね。

あるいは、新たな勢力が台頭してくるかもしれません。彼らはドラゴンギルドの敵でしょうか味方でしょうか。

私たちの史実をもとに考えれば、産業革命の栄華のあとには世界大戦が待ち受けています。大国同士が竜を奪い合って争うのか、それとも、ほかの原因で勃発した大戦にドラゴンギルドが巻き込まれていくのか、そのときリーゼは、アルカナ皇帝マリーレーヴェ三世は、どのような判断を下すのか――など、皆さまが思いを馳せてくださるほどに、ドラゴンギルドの世界は限りなく広がっていきますので、今後も楽しく想像していただけたら幸いです。

あとがきで終わってしまうのが寂しくて、またもや我が儘を言い、四編の掌編を収録していただきました。これらは二〇一六年から二〇一八年にかけて、ルビー文庫さんの企画やフェア向けに書き下ろしたものです。

シリーズの前半に活躍したアナベルやメルヴィネ、リシュリーたちの純粋で初々しい感じを楽しく読んでいただけたら嬉しいです（文体もおぼつかない感じがするのは私だけでしょうか……五年前ですもんね。とほほ……）。

あとがきの最後に、あらためて皆さまへ御礼を申し上げます。BL小説でひとつのシリーズを約六年間・十一冊までつづけることができたのは、読者の皆さまがドラゴンギルドを大切にしてくださったからにほかなりません。本当にありがとうございます！

竜とバトラーの日常は、ブログ記事にしたりツイッターでつぶやいたりします。今後ともどうぞよろしくお願いします。

それではいつも通り（？）結社ドラゴンギルドの広報担当に締めくくってもらいましょう。

「シリーズが完結したのちも弊社は毎日稼働します。末永くご贔屓を賜りますようお願い申し上げます」

竜と魔物が主役の歴史ファンタジー＆お仕事BL〝ドラゴンギルドシリーズ〟を最後まで読んでいただき、ありがとうございました。

次のページより始まる四編の掌編もぜひお楽しみくださいませ！

二〇二一年　三月　鴇　六連

紅炎竜と執事のデート

Dragon-guild Series

この数日間、アナベルはもやもやしながら働いていた。

ナインヘルの行動がおかしい。バトラーのテオと話し込んだり、電話をかけさせたりしている。普段の彼はバトラーを寄せつけない。そして、アナベルがほかの竜たちの依頼を受けるとものすごく機嫌が悪くなる。何度も「仕事だから」と説明しているが聞く耳を持たない。

そのナインヘルが、アナベル以外のバトラーと行動を共にし、頼みごとまでしているのだ。

――どうして僕に言ってくれないんだろう。僕じゃできないこと……？

今日、アナベルはナインヘルに付く。これは当番制になっていた。ナインヘルに付ける日は少ないし、だからこそ彼のために仕事をしたい。それなのに、このサラマンダーはすぐ巣に帰り、延々と金髪を梳いて身体を舐めて、中に入ってくる。今日も帰還後は巣に直行なんだろうな――なにも頼まれないことに寂しさを覚えながら、出動前のナインヘルに訊ねた。

「なにか準備しておくことはない？　食べたいものとか、新しいジグソーパズルとか」

「馬車」

「えっ？　馬車？　どこか行くの？」

いつも「ない」と即答するのに。驚いているあいだにナインヘルは出動した。どこへ行くかは教えてもらえなかったけれど、初めて仕事を依頼されたのが嬉しくて、アナベルは張り切って馬車を手配する。そうして夕方、帰還したナインヘルに軍服を着せ、馬車に乗り込んだ。

行き先はハーシュホーン通り。それは魔物の血を持つ者だけが利用できる高級商店街——通称〝魔物通り〟だ。そこへ行く目的を訊こうとしたが、馬車が動きだすなりナインヘルに抱き上げられ腿に座らされた。息ができないくらい激しく口づけられる。

「あぅ……、んっ、——ナイン、ちょっ、と……お願い、説明してよ。なにしに行くの？」

「今から、おれとアナベルはデートする」

「え！　デ、デート⁉」

絶対にナインヘルの口から出てこない言葉が聞こえて顔が真っ赤になる。

どぎまぎするアナベルを放って、ナインヘルは段取りを思い出すように長い指を折りながらつぶやいた。

「魔物通りでアナベルが欲しいものを買って、飯屋で美味いものを食う。——あと、これだ」

二つ折りにされた、横長の紙を渡される。ゆっくりと開いて、目を瞠った。

「サーカスのチケット……？」

「おまえ、観に行きたそうにしてただろ」

「う、ん……でも、このチケットどうやって買ったの？」

「テオに頼んだ。黙ってたほうがアナベルは喜ぶ、とサリバンが言うから」

ナインヘルとテオが話し込んでいたのはチケット手配のためだと知って、もやもやした気持ちが一瞬で吹き飛んだ。テオに少し嫉妬してしまっていた自分が恥ずかしい。

「なんで黙ってたほうがいいのか、おれはよくわからねえけど。アナベルは嬉しいか」

「……うん。すごく嬉しいよ。ナイン、ありがとう」

心を籠めてそう言うと、また怒濤のキスが始まった。

そうして到着したハーシュホーン通りは、前ほど怖くない。ナインヘルが「痺れてきた」と言うくらい、彼の人差し指と中指を強く握りしめていたけれど。上質の寝具を扱う店で、アナベルは温かそうな寝間着を手に取った。

「寝るときまで服を着るのか？　信じられねえ」

「これから寒くなるよ。ナインは寒いの苦手でしょう？　……おそろい、着たいな」

あきれるナインヘルに、笑われるのを覚悟でそう言ってみる。するとナインヘルは急に真面目な顔になった。そして【サイズ・D（＝ドラゴン）】の寝間着を探し出し、アナベルの分もまとめて支払いをしてくれた。リピンへのおみやげにふわふわの毛糸玉を買い、ハーシュホーン通りを出て、レストラン〝リテ・クラウン〟へ向かう。

帝都で最も古い歴史と格式のある老舗は常に満席で、予約は数か月待ちだ。それなのに、サリバンが電話しただけで席が確保されたという。「リーゼを口説き落とした店らしいぜ」とナインヘルが悪戯っぽく笑って言った。鉄壁の筆頭バトラーを陥落させるために、サリバンはこの店でどんな作戦を展開したのだろう。アナベルには想像できない。

「わぁ……、綺麗……」

通された奥の席には大きなガラス窓があり、帝都の中心地を一望することができた。

夜の色に染まりゆく空と、そこに美しく浮かぶ大きな時計塔。壮麗なブリッジをライトやカンテラがゆっくりと流れていく。

夢みたいに綺麗だった。絶望と恐怖に満ちたギュスター城の日々が幻のように思えてくる。少し怖くなるくらいに、アナベルは今とても幸せだった。

彩り豊かに盛りつけられた料理は宝石のようで食べるのがもったいない。そう思うアナベルの隣で、ナインヘルはどんどん料理をたいらげていく。とにかくサラマンダーはものすごい量を食べる。素直に驚く給仕たちにアナベルは笑った。

そして、本日のメインイベントであるナイトサーカスへ行く。

夜の闇に妖しく浮かぶサーカスのテントは大小みっつあり、その天辺で、太陽と月をかたどった旗が夜風を受けてはためいていた。赤と黄のストライプのテントは入り口がぽっかりと開いていて、早く入っておいでとアナベルを誘ってくる。初めて知る、妖艶と魅惑に満ちたサーカス独特の雰囲気に、アナベルの胸はどきどきと高鳴った。

「なんで見ねえんだよ、来た意味ないだろ。落ちたらおれが受け止めてやるから見ろ」

綱渡りが怖くてナインヘルの腕に顔を押し当ててしまった。曲芸をする象を見たナインヘルが「あいつ、でかいな」と驚いて言う。竜のときの巨体を忘れているようで可笑しい。隣に座る女の子に「竜のおにいちゃんもすっごく大きいよ」とにっこり笑って言われていた。口から炎を吹く曲芸に妙な対抗心を燃やすナインヘル。楽しい時間はあっという間に過ぎた。

サーカスのテントを出ると、ナインヘルはアナベルを抱き上げて建物の屋根を駆けていく。深夜の風は冷たかったが少しも寒くなくて、ふわふわと心地よかった。

竜の巣に入ると寝台ではなくソファに寝かされた。早くつながりたくて、深く口づけながら互いの服を脱がしていく。裸になったアナベルに竜の巨軀が重なってくる。後孔に先走りをたっぷりかけられ、硬い亀頭で撫でられると、恥ずかしいほど簡単にそこが柔らかくなった。

「あっ……、ぁ……ナイン――」

大きくて太いナインヘルの陰茎が挿入される瞬間には必ず圧迫感に苛まれる。でも今夜はそれがない。早く奥まで来てほしいとばかりに、身体が勝手に長いペニスを吞み込んでいく。はしたないと思うのに止められない。いつもと違う感触にナインヘルも気づいた。

「なん、か……、めちゃくちゃうねってる……どうした？　アナベル……」

蠢く内壁の動きに合わせてナインヘルが腰を何度も送り込んでくる。

熱くて強い律動が気持ちよくて「もっと、もっと……」と夢中でねだってしまう。ナインヘルが短く唸って一度目の射精をした。わかっている。こんな淫らな姿をさらしてしまっている理由は――。

「きょう、……すごく、楽しくて、……幸せだった、から、……」

乱れた吐息に乗せてそう伝えると、ナインヘルはいつになく笑って優しい声を出した。

「デートがよかったのか。なら、これから何百回でも何千回でも連れて行ってやる」

「あぁ……。……もう、いく――」

その声に身体だけではなく心までもが絶頂へと攫われる。深くつながった下肢を震わせて、アナベルは白い蜜を飛ばした。それを舐め取ったナインヘルがふたたび激しい抽挿を始める。愛しい火竜の腰使いに蕩けて、アナベルは夜すがら甘い声を放ちつづけた。

人魚は水竜のおねだりに惑う

Dragon-guild Series

「わ、っ……なにするの、おろしてよっ」

発着ゲートでの洗浄を無理やり終わらせて人型になったサロメに、メルヴィネはすぐ抱き上げられてしまった。手足を思いきりばたつかせても水竜の裸体はびくともせず、サロメはゲートをあとにして巣へ向かう。

軍服を着たオーキッドはメルヴィネと一緒に大量の水を浴びてしまい、きょとんとしたまま防護服姿のテオに横抱きにされていた。「サロメのやつ、なんで怒ってんだ？」「わかんない。もしかして、女の子とおしゃべりしたからかなぁ？」「えっ。それのどこに切れる要素があるんだよ。怖ぇ……」という二人の会話があっという間に遠のく。

サロメは大階段を上りながら魔力を使って長い銀髪を一瞬で乾かした。ずぶ濡れにされたメルヴィネは今も髪や制服から水が滴っているのに。水色の鱗が浮かぶ肩を叩いて声をあげる。

「どうしてぼくたちが連れ戻されなきゃだめなの？　オーキッドまでびしょ濡れにして、いくらなんでもひどすぎる！」

「ひどすぎる？　自分の行動を顧みても同じことが言えますか」

「なに、それ……」

その声の低さに思わず身を竦ませてしまった。

今日のメルヴィネはオーキッドを担当していて、先ほどまで一緒に帝都の中心街を歩いていた。オーキッドはどこにいても人気者で、彼の存在に気づいた乙女たちがすぐに集まって輪を作る。その人数が多かったから、メルヴィネは『少しだけ道を空けてくださいね』と懸命にオーキッドを守った。

すると彼女たちが『あら、可愛らしいバトラーさん』『お名前は？』などと言ってくる。凄く驚いたけれど、楽しそうにするオーキッドが『せっかくだし、ちょっとおしゃべりしよ』とささやくので、メルヴィネはしかたなく彼の言う通りにした。

オーキッドに気を配りながら話していると、くすくす笑う乙女がメルヴィネの腕を撫でてくる。その瞬間、オーキッドとメルヴィネは真上から急降下してきた水竜の前脚に二人まとめてつかまれ、ドラゴンギルドへ連れ戻されて、ゲートで大量の水を浴びる羽目になったのだ。

「――っ。サロメ、やめてよ、話を……」

ひどく機嫌が悪いサロメは言うことをまったく聞いてくれない。巣に入るなり、濡れたテール・コートやスラックスを剥ぎ取られて裸にされ、柔らかな寝台に沈められた。

「サロ、メ……んんっ」

広げられた脚のあいだに長躯が重なってきて、大きな手が後頭部にまわされ、噛みつくように口づけられた。サロメはメルヴィネの黒髪を一瞬で乾かすと、水滴の残る肌に長い舌を這わせながら、硬くした陰茎を押し当ててくる。

「いや……、だ……」

サロメはメルヴィネの腕を――さきほど若い女性に撫でられたところを執拗に舐めた。牙の先まであてられて、ぞくぞくと肌が粟立った。

「メルヴィネ……言えるでしょう?」

ねだられながら挿入することを殊更に好むサロメは、いつも強く促してくる。メルヴィネはそれを拒めたことがないが、発情していない今、唇をぐっと噛みしめ、初めて抵抗してみせた。

機嫌を直しかけていたサロメはまた眉間に深い皺を刻む。

「メル。言いなさい。早く」

「知らないっ。なんで、いつも、ぼく……ばっかり」

必死で脚を閉じると、身体をくるりと返し、うつ伏せになってクッションに顔を埋めた。

今日は意識してオーキッドを守る行動を取り、少しだけかもしれないけれどバトラーとして成長できた気がした。それを一緒に喜んでほしかったのに、サロメはよくわからないことで怒って、無理やり連れ戻して――。

「サロメの分からず屋……っ」

大好きなサロメをこんなにもなじったことは今まで一度もない。さらに怒らせてしまうのを覚悟で言ったが、背に落ちてきたのは低い声ではなく、くす、という小さな笑い声だった。

「そうですね。メルヴィネばかりが言うのは、よくありませんね……。――では、私が」

「えっ？」

思いもよらない言葉に振り返ると、鼻先が触れ合った。その美貌には確かに笑みがあるけれど、金色の瞳は苛立ちのせいで縦長の瞳孔が狭まっている。サロメはメルヴィネの手を取り、尻のほうへ持っていきながら耳元でささやいた。

「ここを、メルの手で広げて。愛らしい孔が見たいです。よく広げて、私に見せて」

「な、なに言ってるの！　そんなのするはずないっ……」

「なぜです？　私はメルヴィネのおねだりを必ず聞くでしょう？　突いて、と言えば、メルのいいところを突きます。もっとして、と言えば、好きなだけ掻いてあげるでしょう？　それなのに、メルは私のお願いを聞いてくれないのですか」

「知ら、ない。わから、な……。――あぁ……っ」

ひどく戸惑っているあいだに、サロメの手と、そしてメルヴィネ自身の手が尻の割れ目に差し込まれた。からみ合った指が、後孔をぐうっと押して入ってくる。

「あっ！　いやだ……ゆび、いや」

「ほら……こんなふうに、中の色がわかるくらい広げて……。メルがいつも、どれほど私を欲しがっているか、見せて……教えて」

一緒に孔をいじる淫らな感触で一気に発情し、聞くに堪えない水竜のおねだりに頭がクラクラした。顔を真っ赤にしたメルヴィネは、涙目でサロメに縋ってしまう。

「も、やめてよ……これ以上は言わないで。……ご、ごめんなさい」

「はい。わかりました。本当はもっとおねだりしたいですが、しかたありませんね」

サロメはいつ機嫌を直したのだろう。今度こそ綺麗に微笑みながら、いきり立つ性器を後孔に押し当ててくる。発情した人魚の身体は挿入を期待して、堪えられないほどに疼いた。

「あっ……。サロ、メ」

「メル、言えるでしょう？　いつものように」

「ぅ、ん……。――入れ、て……あっ、ぁ、あ！」

いつも通りねだれば、ぐしゅう、と水音を立てて、反ったペニスが入ってくる。興奮に息を乱すサロメが「メル……私だけのメルヴィネ」と繰り返し名を呼び、長い射精を始めた。

サロメにねっとりとした恥ずかしいおねだりをされるくらいなら、メルヴィネからしたほうがずっといい。「サロメ、もっと、もっと……奥まで」と乞いながら、人魚は水竜の甘く激しい抽挿に溺れていく――。


――翌朝、オーキッドにすぐ謝ったけれど、薔薇色の頬をいつもより紅くする彼は、兄竜の乱暴な行動をまったく気にしていなかった。

「ねぇねぇ、メルヴィネ、聞いて。昨日テオにね『寒いよ、温めて』っておねだりしたの。彼ったら、『めんどくせえなあ』って言ってたけど、びしょ濡れの軍服を脱がしてくれて、すっごく優しく身体を拭いてくれて、そのあとね……」

「わぁ、テオさん素敵だね。そのあとどうなったの？　ぼくまでどきどきしてきちゃった」

オーキッドがとても嬉しそうに話してくれるから、昨日のモヤモヤも恥ずかしさもすっかり忘れて、夢中で聞き入ってしまうメルヴィネであった。

一角獣の贈り物めぐり

Dragon-guild Series

心地いい風がライラックやブルーベルを揺らす春の午後――フェンドール公爵・リシュリーは、ドラゴンギルドの本社でバトラー業務に励んでいた。

リシュリーを背に乗せたファウストは午前中に本社に到着し、今はテオの指示を受けて任務地へ出動している。リシュリーが担当する竜はフォンティーン。中庭の椅子に座って分厚い本を読む彼の手には半透明の青い蹼があり、そして薬指に金色の指輪が輝いていた。

「綺麗な指輪だね。さっきゲートでオーバーホールをしたときも前脚の指にちゃんと嵌まっていて、外れたり割れたりしなかった……特殊な金属でできているのかな？」

「そうだ。ジュストが研究を重ねて金属にわずかな伸縮性を持たせ、私の魔力で性能を高めた。この身が朽ちるまで外れることはない。リシュリーも左手に指輪がある。弟の鱗だな」

「うん……。少し前に、ファウストは一機だけで婚礼に参列したんだ。厳かな雰囲気と、初めて見た指輪の交換にとても感動したみたいで――」

婚礼から帰ってきたファウストは、『リシュリーに不滅の愛を誓う』と言って己の鱗を抜き、黒と金に煌めく小さな輪にしてリシュリーの薬指に優しく丁寧につけてくれた。

美しい鱗の指輪と大切な誓いの言葉をくれたファウストへ、身につけるものを贈りたいけれど、まだ見つけられていない。伸縮自在の指輪ほど素敵な贈り物はないと思う。ジュストみたいな素晴らしい研究能力が私にもあれば――リシュリーがそのようなことを考えていると、オーキッドが泣きそうな顔で走ってくるのが見えた。

小柄な風竜は勢いよくフォンティーンの腿に座り、厚い胸板にひしっとしがみつく。

「お兄さま聞いてっ、今日バトラーが誰も付いてくれなくてね、ぼくひとりぼっちなの」

「ならばここにいるといい」

フォンティーンがオーキッドの巻き毛を撫でたのでリシュリーまで嬉しくなった。

しかし緊急案件が入ってフォンティーンは出動することになり、リシュリーはオーキッドの希望で一緒に四つ葉のクローバーを探しはじめた。

「うぅん……やはり簡単には見つからないものだね」

「うん、ぜんぜんないの。ぼく、ずぅーっと探してるんだ、テオにプレゼントしたくて」

そう聞くとテオとオーキッドのためにますます見つけたくなる。

よしっ、と腕捲りをして草花の絨毯にくまなく触れたとき、よっつのハート形の葉がくっついているクローバーが揺れて、喜びのあまり「ああーっ！　あったぁ！」と柄にもなく思いきり叫んでしまった。

「わあっ、リシュリーすごい、すごーいっ！　夢みたい！　ねえっ、リシュリーが摘んで！」

「テオに摘んでもらうのはどう？　そうすればもっと特別で大切なものになると思うんだ。見失わないように目印を……このハンカチはオーキッドが持っていて。私からのプレゼント」

興奮冷めやらぬまま白いハンカチで輪を作り、四つ葉のクローバーを囲って、ハンカチが風で飛ばされないよう小石を置く。オーキッドは頰を薔薇色に染めて大きな瞳を輝かせた。

「ハンカチもプレゼントしてくれるの？　ありがとう！　ぼくもなにかお返ししたい！　でも、今はこれしか持ってないの……今度、贈り物を持ってフェンドールへ行くね！」

オーキッドは個包装されたショートブレッドを手渡してきて、ぎゅっと抱きつき、「リシュリー大好き！」と頰にキスをしてくる。テオのところへ夢中で駆けていくオーキッドを見送って中庭を進むと、ベンチに並んで座っているシャハトとキュレネーに会った。

いつも一緒にいる仲のいい二機は、珍しく言い合いをしていた。

「どうして怒るの？　僕はキュレネーに甘いお菓子をプレゼントしたいだけなのに。このガラス石、きらきらしてるからとびきり甘くて美味しいよ。はい、どうぞ」

「嬉しいけど、ぼくは石が食べられないからシャハトが食べてって言ってるでしょ、もーっ」

喧嘩の内容も、言い合いをしているのに手をつないでいるところも、彼ららしくて微笑ましい。リシュリーは竜たちに近づき、ショートブレッドを差し出した。

「よかったら、シャハトとキュレネーで食べてくれないか」

「えっ、いいの？　このピンね、今日の任務地で拾ったんだ、きらきらのガラス石がついてるんだよ。リシュリーにあげる」

キュレネーに甘い菓子を食べてもらえたらそれでいいシャハトは、美しいガラス石のついたピンをくれた。にこにこして菓子を食べる竜たちに手を振り、中庭を歩いて屋内に入る。

するとそこに美貌のバトラーが立っていて、なぜか壁と睨めっこをしていた。

「ジュスト？　どうしたんだ、なにか深刻なトラブルが起きたとか……？」

「お疲れさま。あのね、健康診断のお知らせポスターを貼ってまわってるんだけど、最後の一枚でピンが足りなくなっちゃって。事務室に取りに戻るの面倒だなぁ～って思ってたとこ」

「はは、そうか、トラブルじゃなくてよかった。だったらこれを使ってくれないか？」

「綺麗なピンだね、いいの？　ありがとう、すっごく助かる！　ねえリシュリーちゃん、僕たちの巣に来ない？　僕、今から三十分休憩だし、ピンのお礼したいんだ」

水竜と美魔の巣は多くの書籍で埋め尽くされていて、片隅がラボラトリーのようになっている。

リシュリーは淡緑色の目を瞠る。ジュストが小さな容器を机に置いた。

促されて椅子に座ると、容器の中で不思議な輝きを放つそれによく似たものを見たことがあった。

「フォンがつけてる指輪、この金属で作ったんだよ。リシュリーちゃんも作ってみない？」

「し、しかしっ、かなり稀少なものだろう？　いいのか……？」

「うん、ピンのお礼。なぁんて、じつはこれリシュリーちゃんのために取っておいたの。リシュリーちゃんもファウストくんに指輪をプレゼントしたいんじゃないかなぁって思って」

「ジュスト……ありがとう。本当にありがとう！」

見蕩れてしまうほど綺麗に微笑む美魔の、色の異なる瞳は、リシュリーの想いを読み取る魔力が宿っているに違いない。「混ぜても大丈夫だよ」とジュストに教えてもらい、自身の角を少し削って金属に含ませ、ピンセットで根気よく形を整えていく。

やがて、この世界にふたつとない、素晴らしい贈り物ができあがった。

「綺麗にできたね。ファウストくんすごく喜ぶよ！　ふふ、今夜は眠らせてもらえないねえ。せっかく作った指輪が熔けちゃうよ、燃えすぎないように気をつけてね。ウフフ……」

胸がいっぱいで泣きそうにもなっていたのに。色気たっぷりの美魔に迫られてまごまごしてしまい、「う、うん」としか返せなかったことがやや悔やまれる。

ジュストに何度も礼を言って自分たちの巣に戻り、そわそわしながらファウストの帰りを待った。いつも帰還してすぐ抱きしめてくる彼に、今日は自分から抱きつくと、「リシュリー、どうした」と優しく髪を撫でてくれる。

「ファウスト、聞いて。──不滅の愛を誓ってくれたファウストに、私も、永久の愛を誓う」

声も、指輪を持つ手も震えているけれど、想いを懸命に言葉にして、褐色の長い指にリングをそっと滑らせた。ファウストは凄く驚いて目を見開いたあと、リシュリーを掻き抱いてくる。

黒色のまつげを伏せて、指輪に唇を寄せるファウストの姿は涙が滲むほど愛しい。

「リシュリーの角を感じる。俺は指輪を絶対に外さない。この身が朽ちるまで」

私も、というリシュリーの声は激しい口づけに消えていった。

ジュストの言葉通り、黒い竜と一角獣は、指輪が熔けてしまわないか心配になるほどの熱く甘い夜を過ごす——。


——翌朝、夜明け前のゲートから出発するファウストとリシュリーのことを、竜の兄弟とバトラーたちが見送ってくれた。ジュストが片目をパチンと閉じ、リシュリーも笑顔で大きく手を振る。フェンドール公爵領へ飛ぶファウストが高度を上げていく。

雷竜の指に嵌まる指輪が、昇りはじめた朝陽を受けてきらきらと煌めいた。

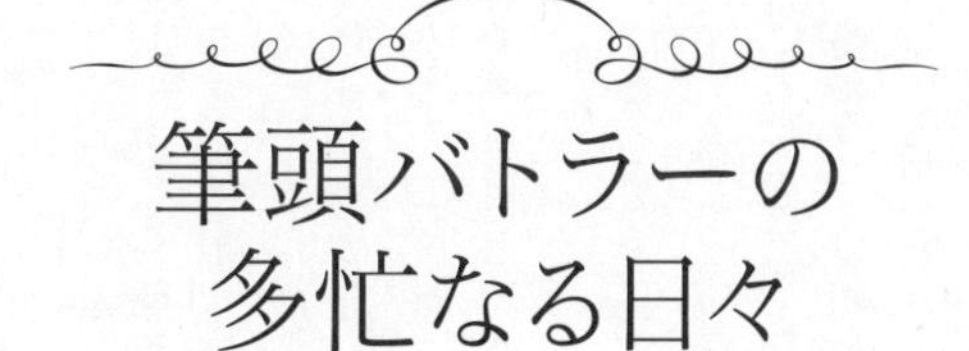

筆頭バトラーの多忙なる日々

～激務で始まり激務で終わる～

Dragon-guild Series

†

ドラゴンギルドの筆頭バトラーは常に多忙を極めている。夜明け前の激務で始まり真夜中の激務で終わる毎日を、リーゼは三十年余もつづけてきた。

中庭で彩り豊かに咲くチューリップやライラック、ブルーベルの馨しい花香が竜の巣まで漂ってくる春暁――例外なく今日も激務によって一日が始まろうとしていた。

「――あっ、あ……、ん……っ」

「ハ、アッ……すっごく気持ちいい。リーゼくんっ、愛してる、好きだよ、大好き！　ぼくだけの黒猫ちゃん」

寝台でまどろみから浮上すると、必ず長大な陰茎が尻に埋められ、サリバンがげんなりするほどの愛を浴びせてきている。

ともに暮らしだしたころは毎朝ぶち切れて怒鳴りつけていたが、なぜか喜ばれるだけなのでそれもやめて久しい。萎えることを知らない絶倫の風竜はわざと腰を強く叩きつけ、リーゼを完全に覚醒させてから長い射精をした。

「ふ、ぅー。リーゼくん、おはよー。お風呂いこっか。はい、抱っこ」

「……」

なぁにが「ふ、ぅー」だ、「はい、抱っこ」だ、朝からばかみたいに出しやがって——しかし目覚める前から激務を担わされていたリーゼは、頭はまだ働いていないのに息は切れ切れで、喉も渇いていて思うように文句が言えなかった。

数日のあいだ起きたままでも支障ない竜の一族にとって、毎夜の就眠は絶対に必要なものではなく、言わば彼らの最大の趣味である。そしてサリバンはたまらなく好きな睡眠よりもリーゼの中にいることを選び、わずかな時間で熟睡したのちふたたび挿入してくる。

世界最強の肉体と生殖器官を持つシルフィードの精液を三十年余も大量に注がれつづけたせいか、リーゼまで三時間ほど眠れば事足りる身体になってしまった。そのような特異体質は要らないし、精液を浴びる量と性交の時間を削減して普通に寝たい。リーゼは長年〝七時間の爆睡〟という言葉に淡い憧れを抱いていた。

「いま、何時……？」

「五時ちょうどだよ。ほら、早くつかまって、抱っこしてあげるから。はい」

「抱っこしたいなら抜け」

陰茎を抜く気など更々ないサリバンはにっこり笑い、あきれるほど端整な顔をリーゼの頬にゴリ、と押しつけ、しつこく「リーゼくん。はい」と言う。無視したら両手を取られて緑色の鱗が浮かぶ肩をつかまされた。

「……っ」

サリバンが立ち上がると長い茎が根元まで入ってくる。風呂場へ向かって歩くたび、ぐり、ぐり、と亀頭が思いがけないところに当たって「あっ、あ」と声が勝手に漏れてしまった。

「リーゼくん、ペニスの先っぽ濡れてきたよ、かわいいね……」

うっとりした表情を浮かべるサリバンに腰をつかまれ、少し持ち上げては落とされるたび、抜けかけた竜の性器が、くちゅっ、ぱちゅっ、と音を立てて一気に最奥へ戻ってくる。

「ひっ、あ……っ、あ」

「射精したばっかりだから、中すごくぬるぬるだね。おしりの孔から出るリーゼくんのいやらしい音、ぼく大好きだよ」

「うる、せっ……、さっさと風呂っ、行け」

なおもつながったまま、バスタブに入ったサリバンの胡坐の上に座らされた。熱めのシャワーが降ってきて広い風呂場があっという間に湯気でいっぱいになる。

「もう抜けって」

聞いていないサリバンはリーゼの陰部から目を離さずに石鹸を泡立て、いつも通り「洗いっこしよ」と微笑む。たっぷりの泡を纏う大きな手で背を撫でられ、胸を反らしてしまった。

「あぅっ」

両方の尖りをつまれて、ペニスが嵌まり込んでいる尻をびくっと揺らすと、目の前にある柳眉が悩ましげに歪む。突起を執拗に洗い、また「乳首こりこりになったよ、かわいいね」と愛でるサリバンは、リーゼの臍に指を入れ下生えを泡まみれにして、先端から透明の蜜を垂らしているそこを念入りに洗っていく。

ぴんと立っていても細い茎に、長い指が絡みついてくる。敏感なところに媚薬を塗り込まれたような錯覚に陥って堪えられなくなった。

「あ、あぁ……。ん、サリバン、……」

「ね、リーゼくんも洗って？」

力の入らない手で懸命に泡立てたけれど、陰嚢をコリッといじられた拍子に石鹸を取り落としてしまった。頰にキスされ「手についてるソープだけで大丈夫だよ」と優しくささやかれたリーゼは筋肉の隆起した腕や胸板を撫でていく。

片眼鏡をかけていないぼやけた目でも、よく見える。サァサァと降ってきているシャワーよりも熱くて甘い愛を惜しみなくリーゼに注ぎ、いま口づけようとしてくるサリバンは、肌がぞくぞくとざわめくほど美麗だった。

「リーゼくん。愛してる」

「ん……」

唇を少し開いてサリバンの唇を受け止める。口の中がすぐに竜の舌でいっぱいになる。

ちゅ、くちゅっ、と音を立てて唇や舌を吸い合い、熱くなった互いの肌を夢中で撫でまわした。

逞しい腕や背に浮かぶ、橄欖石と緑玉石を重ね合わせたような、神秘的な鱗。リーゼの左手の薬指で三十年余も輝きつづける緑色の指輪。鱗同士の触れ合う感触がリーゼは好きで、サリバンもいつも心地よさそうにする。

「……あ！　んんっ……あぅっ」

にわかに腰を突き上げてくるサリバンを猫の瞳に映した。

広い背で波打つ、砂金で染めたような綺麗な髪。金色に煌めく長いまつげと整った鼻梁。

十五テナー（約二百センチ）あるしなやかな体軀は、風竜のときにはこれ以上ないほど強靭になる。豊かな鬣は凪いでいてもおのずとなびき、風を編む濃緑色の鉤爪は竜の兄弟のうちで最も長い。

美しく端麗な容貌と完璧な肉体を持つシルフィードはまさに神の造形と言える。

——が、如何せんその性格に非常に難があった。

「ハアッ、リーゼくんっ」

いまだかつて性衝動を抑えたことがない、否、そのような考えは微塵も持たない淫奔な竜が息を乱しながら体位を変える。リーゼは腰をつかまれ、バスタブに背を預ける格好で開脚させられた。激しい抜き差しに翻弄されて、赤くなった性器が泡と蜜液を撒き散らす。

「あっ、あっ、あっ……！」

「ペニスぷるぷる揺れてかわいいね。リーゼくん好きだよ。ハ、ア、いく」

「だめだ、抜けっ……手でも口でも、好きなほうで、してやる、からっ」

「ぼく今リーゼくんのおしりに出したい気分なの」

「やめろ！　朝は一度だけにしろって……あっあ、っ……何遍、言ったら、わかるんだっ」

叱りつけた途端サリバンは異様に興奮し、ハァッ、ハァッと息づかいを一層妖しくした。絶え間なく抽挿しながら荒い息を頬にぶつけてくる。

「ねえ、知ってる？　ぼくのこと叱るリーゼくんのおしりの中に射精するとね、どうにかなっちゃうくらい気持ちいいんだよ。リーゼくん、口では叱ってるけどおしりで精液ちょうだいってておねだりしてくるの。ハァ、もう、もう、たまんない、だぁい好き」

「ばか、か！」

変態竜のスイッチがいつどのようなタイミングで入るのかさっぱりわからない。

つながりをほどこうとしたが筋肉の盛り上がった両腕に阻まれた。美貌が台なしになるほどニィッと笑うサリバンは、リーゼを抱き竦めて動けなくすると猛烈に腰を送り込んでくる。

「やめ、ろ、って……！　んぁっ、ぁ、あ」

「ほら、ほら、ぼくもういっちゃうよ？　リーゼくんの言いつけ聞かないで、孔の奥にうんとたくさん射精しちゃう。もっと叱らなきゃ」

「だめ、だっ、なか……は、……あっ。だめ、だめ……」

「だめなの？　でもおしりとろとろだよ？　だめって言いながら気持ちよくなっちゃうなんて、

リーゼくん最高にヤラシイ。好き、大好き」

「なに言ってんだ、てめぇ……、あ、出したら、許さね……あっ、あぁ」

粘液にまみれた尻の入り口を長大な陰茎でこすられ、感じるところばかり突かれてリーゼまで昇りつめてしまいそうになる。下腹に力を込めて耐え、激しい動きを止めるために竜のペニスを締めつけたとき、一瞬だけ喉を反らしたサリバンがブルブルッと腰を震わせた。

「今のすごいっ、気持ちいいっ。いく、いくっ、リーゼ愛してる、リーゼくん、――っ!」

「あぁぁ、……」

絶倫のシルフィードは放尿を思わせるような長い射精をしながら口づけてきて「ぼくの精液、美味しい?」などという馬鹿げたことを真剣なまなざしで訊ねてくる。

腹立たしくてしかたないリーゼは端整な顔を片手で鷲づかみにした。「きゃー、痛ぁーい」と嬉しそうに言うサリバンを無視して顔を横に向けさせる。その拍子に白濁した蜜がビュッと勢いよく飛び出してきて、達するつもりのなかったリーゼは「ぁ、んっ」と情けない声まで漏らしてしまった。

「ペニスがお返事してくれたぁ。漏らしかたすっごくかわいい! ――あれっ? 大変、ぼくまた出そう」

「おい! いいかげんにしろよおまえ」

「ぼくのせいじゃない、リーゼくんがいやらしくてかわいいからだめなんでしょ? もう」

サリバンは屁理屈をしゃあしゃあと宣いながら腰を突き出して三度目の射精を終える。そのあとも孔の中や萎えた性器を舐めしゃぶってくる変態竜の脳天にゴツンッと鉄拳を食らわせ、ようやく風呂場を出た。

「朝からめちゃくちゃしやがる。俺ァ五十路だぞ？　ちっとは労われってんだ」

美しくて端麗なのに。仕事もできるのに。スケベで変態なのがまことに残念でならない。

洗面台の鏡に映る、片眼鏡をかけた二十歳ほどの青年と目を合わせてぼやいたリーゼは、ソファのほうから聞こえてくる「リーゼくーん、早く拭いてー」という声を無視して先に自分の身なりを整えていく。

サリバンとリーゼは私服や寝間着を持たない。軍服と制服さえあれば充分で、それはドラゴンギルドと運命をともにする覚悟のあらわれでもあった。

緑色の鱗が煌めく長軀を手早く拭き、長い金髪を三つ編みにして、萎えていても存在感のある一物を下着へ入れる。性懲りもなくまた嵩高くなって下着から飛び出てきたそれを、チッと舌打ちをしながら乱暴に押し込んだ。

「そんなヤラシイ触りかたするから勃起しちゃうんだよ？」

「至って普通だろうがよ、おまえこんなんでいちいち立ててんのか？　アナベルやメルヴィネに引かれてねえ？」

「わ、リーゼくんたら、やきもち？　かわいい！　ぼくのペニスはリーゼくんじゃなきゃ勃起しないんだよー」

「へぇへぇ、左様か……」

三十年ほど前の、夜ごと異なる魔物や人間を抱いていた淫奔なシルフィードに聞かせてやりたい台詞だった。

夜明け前の激務をこなすと——サリバンの怒濤の愛情確認や戯れに付き合うと、とてつもなく腹が減る。銀灰色の軍服を着せ、二人で食堂へ向かった。

早朝から稼働している食堂のカウンターには肉料理や魚料理、サラダとスープとパン、ブレックファストのプレート、数種類のジュースやデザートがずらりと並んでいる。

「リーゼくん、飲みたいものだけ持って先に座っててね」

「ん」

ライムの輪切りが浮かんだピッチャーと、グラスをふたつ取っていつもの席についた。

サリバンがリーゼの朝食を手ずから盛るようになったのはいつからだろう。思い出しもできないことをぼんやり考えながら、竜の兄弟やバトラーたちが立つカウンターを見つめる。

バーチェスは眠そうで、ガーディアンは朝から素晴らしく男前である。オリビエはキリッとしており、居眠りしたまま朝食をとるレスターはすでにうとうとしながら皿に料理を盛っていた。

ジュストと一緒に食堂へ入ってきたフォンティーンに、サリバンがからみだす。戯れる竜の兄弟を放ってブレックファストのプレートを手に取ったジュストが、リーゼのテーブルへ近づいてくる。

「ボス、おはようございます」

「おう。おはよう」

にっこり微笑むジュストは今日も最高に美人で、リーゼは満悦を覚えた。フォンティーンの巣で暮らすようになってしまったのが非常に不服で腹立たしいが、朝食は一緒にとらないと決めたことは褒めてやらねばなるまい。

しかしジュストは挨拶だけをしてバトラーたちの集まるテーブルへ行ってしまった。

たまには隣に座ればいいのに、つれない息子である。ほんのり濡れたアプリコットオレンジの髪から美魔のスケベな匂いがだだ漏れになっているではないか、朝からなにをしたんだ、許しがたい――三十分前の己の痴態をころっと忘れたリーゼは空腹も相俟って苛立ち、貧乏揺すりをしながらフォンティーンの背をギロッと睨みつけた。

「リーゼくーん、お待たせー」

「はらへった」

ミートボールやロブスターのグリルが山盛りになった四枚の大皿が並べられる。サリバンは一皿分をさっと食べ、あとは紅茶を片手にリーゼが料理を頬張るところを延々と眺める。

「おくちの中いっぱいだね。今日も最高にかわいくて綺麗だよ、ぼくだけのリーゼくん」

にこにこ笑うサリバンは三十年余のあいだ毎日のように同じ言葉をささやき、食事をとるリーゼを飽きもせず愛でる。見えないはずのハートが次々と飛んできて、膨らんだ頬にぽこぽこぶつかってくるのも、いつものことだった。

緊急案件や帝国軍からの呼び出しなどがない限り午前六時五十七分まで過ごし、食堂を出たところでテール・コートのポケットから取り出した手袋を嵌める。そうしてリーゼは脱衣室へ向かうわずかのあいだに〝ぼくだけのリーゼくん〟から〝ドラゴンギルドの筆頭バトラー〟へ意識を完全に移行させる。

「ねぇリーゼくん、ぼく今日は帰還が遅いんじゃなかった？　やだなあ。離れてるあいだもぼくのこといっぱい思い出してね。知らないおじさんについていっちゃだめだよ。あぁ心配」

「いつまでもでれでれベタベタしてんじゃねえ」

腰や尻を撫でてくる大きな手を、バトラー用の白い手袋を嵌めた手でパンッと払った。

リーゼが公私混同を甚だしく嫌っていることをサリバンは理解しているが、時折過度に触れたり抱きしめたりしてくる。そういうときは容赦なく撥ねのける。

しかし、そんなに強く当たっただろうか。

サリバンは黙って硬い表情を向けてきた。いつもは「痛ぁい、もう」と、おどけてにっこり笑ってくるのに。なにも言わないまま脱衣室の扉を開けた彼につづき、午前七時ちょうどに入室したリーゼはテオからクリップボードを受け取る。

「おはようございます。朝の打ち合わせを始めます」

テオの声に皆が挨拶を返す。頭の中におおかた入っている【任務地一覧】に目を通すと、サリバンの帰還予定は午後八時となっていた。早くはないが遅すぎるわけでもない。

リーゼはクリップボードから離した視線を従業員たちへ向ける。

――ナインヘルのやつ、またか。

長軀揃いの竜たちの中でも抜きん出た巨軀を持つサラマンダーは、最後列の猫脚椅子に腰かけ、口を開けて居眠りをしていた。リーゼの視線に気づいたアナベルが慌てて揺すっても起きない。本来は怒鳴りつけるところだが、ナインヘルは毎朝出席するようになっただけで充分なので放っておく。

サリバンと同様に帰還が遅いシーモアは、丸い眉を八の字にしてしょんぼりしていた。彼は土中の暗さは大好きだが夜の闇が怖い。しかしこれは任務なのできっちり遂行させ、その代わり帰還後に食べるホールケーキをひとまわり大きくしてやる。

シャハトとキュレネーは互いの任務内容を見比べていた。メルヴィネは現場主任の言葉をせっせと手帳に書き、サロメが慈愛に満ちた笑顔で見守っている。そしてオーキッドは――。

――おい。こら、オーキッド。

シルフィードという竜種は瞳からハートを飛ばす能力でもあるのだろうか。オーキッドは【任務地一覧】そっちのけでひたすらテオへ熱の籠もった視線を送っている。

目を半開きにしたリーゼは、すぐ横で打ち合わせを進めるテオを見た。

『うちのボスはサタンだから』と『休み欲しいっす』と『エマージェンシーだぁ！』ばかり言うこの男のなにがいいのか？　百歩譲って昨今の仕事に対する姿勢は認めてやろう。だがそれとこれとは話が別である。

――おまえだけには断じてやらんぞ。

かっ！　と猫の瞳を見開くと、真剣な表情をしていたテオは突然ビクッとして「な、なんすか……？」と、悪魔を見るような目でリーゼを見てきた。

「――解散。各々現場で業務に入れ」

始業と同時に脱衣室を出るのはサリバンに近づく隙を与えないためだった。

しかし、いつも笑顔で投げキスをしてくるのに、今はリーゼに背を向けている。見たことのない光景に思わず「ん？」と声が出た。

――あいつ拗ねてんのか？　なんでだっけ？

筆頭バトラーの思考回路になっているリーゼはその疑問さえすぐに忘れた。コツコツと踵を鳴らし、ポニーテールを揺らして執務室へ向かう。

午前中はなにかと忙しない。パイプに火もつけないうちから、新聞を抱えたジュストがやってくる。

「ボス、電話を取って。リシュリーちゃんとつながってるから」

「リシュリー？」

送受話器を上げると、フェンドール支社の責任者が『朝早くから申し訳ない』と焦った声を出した。新聞を机に置いたジュストは手早くパイプに火をつけ、リーゼにくわえさせて執務室を出て行く。

『昨日の夕刻、ファウストと帝国軍が接触した』

リシュリーの話によれば、まだ雪に覆われている山奥で鹿を深追いした二人の猟師が、帝国軍の敷地に接近してしまったという。大勢の兵士に囲まれた猟師たちを助ける際、ファウストは一人の兵士の小銃を誤って破壊した。

「事件や事故にならん話だな。新聞にも載ってない。奴らの敷地内に侵入してないなら金で解決できる」

『駐屯地の副司令官と話は済ませたのだが、本件はまちがいなく総司令部に伝わる。そちらのほうが心配で……』

「かまわん、対応しておく。フェンドール支社は本社より帝国軍と遭遇する率が高い、今後も気を抜くな。兵士の負傷や敷地内への侵入は話が少々難儀に――」

そのとき電話の向こうでガチャガチャッと派手な音が鳴る。『あっ、こらファウスト、やめなさいっ』と小さく叫ぶリシュリーは送受話器を奪われたようだった。

『リーゼ、そこにいるのか？　リシュリーに危害を加えるな。リーゼでも絶対に許さない。制裁は俺が受ける』

「制裁？　ははっ、どこの悪の組織だよ。制裁を受けなきゃならんことをしたのか？」

『俺とリシュリーは悪いことをしていない。皆を守り、自然と調和を保つのが俺の仕事だ』

「いい心構えじゃねえか。おまえはおまえの仕事をきちっとやれ。ほかの面倒なことはリシュリーや本社が行う」

『わかった』

電話を切るとき『わかった、じゃなくてイエス・サーだよ』『研修で習った。次はまちがえないよう気をつける』という、白銀の地に棲む生真面目な魔物たちの会話が聞こえてきた。

リシュリーの報告書によると、ファウストは村に住む奥方らに料理を習ったり、子供たちだけの茶会に特別に招待されたり、最近では婚礼に一機だけで参列したらしい。物静かで勤勉な黒竜は思いのほかコミュニケーション能力が高そうで、フェンドールの民に愛されはじめているとわかる。

トントンと扉がノックされたので「どうぞ」と返事をすると、ウェスト・コート姿に黒いアームカバーをしたレスターが入室してきた。リーゼはパイプの煙をぷかぷか浮かばせながらつぶやく。

「……とは言え、あいつはまだまだだな。フェンドールの暮らしには慣れただろう。そろそろ本社でも仕事をさせなくてはならん。タフな仕事をみっちりとな」

「リーゼさん。にやにやしてないで私用発着願にサインと印章をお願いします」

「俺がいつにやにやしたってんだ」

「今もしてますよ。早くファウストを本社に来させて可愛がりたいって顔に書いてあります」

「……」

「先ほどガーディアンとバーチェスが言ってきたのですが、今夜、遊びに行くらしいです。彼らの発着願は午前中に処理しないといけません。確認したところ、リーゼさんの未処理トレイに五機分の発着願が溜まっております」

恐ろしくマイペースで眠りながら朝食をとるくせに、妙に鋭いところがある。あのレンズの厚い黒縁眼鏡が妖しい。『顔に書いてあります』と言われたリーゼは自分の顔をゴリッとこすり、未処理トレイに山積みになっている書類から五枚の私用発着願を探し出す。

最初の二枚はガーディアンとバーチェスのもので、申請理由も同じだった。

【申請理由：帝都の中心街へ行く。帰還は明け方】

誰よりも自由を愛するガーディアンは、ギルド創立当時はよく行方をくらまし、リーゼと衝突していた。現在は規律に則って自由を謳歌しているから、歓楽街で夜を過ごされるのは少々寂しいが文句はない。さらさらとペンを走らせてポンと印章を押し、次の書類へ移る。

「ほう、ナインヘルか。珍しいな」

【申請理由：アナベルが、リピンとメフィストもサーカスへ連れて行って、わたあめ買ってや

れ、と言ってうるさいから】
「サーカス？　綿飴？　なんだこりゃ。ナインヘルのやつ親父みたいになってるじゃねえか」
「ナインヘルに言われまして、サーカスのチケット四枚は手配済みです」
「なんでメフィストはあいつにばっかり懐いてんだ。俺じゃだめなのかよ？」
「メフィストが可愛いのは本当によくわかりますがもう少し心の声を抑えてください。だだ漏れです」

　本当はリーゼがサーカスに連れて行きたいし綿飴を買ってやりたい。だが時間が確保できないのでサインを書いてしぶしぶ印章を押す。次の二枚はドラゴンギルドの生真面目組のものだった。

【申請理由：キュレネーと一緒にエール湖へ泳ぎに行きます】
【申請理由：シャハトと一緒にエール湖へ泳ぎに行きます】
「なにぃ。シャハトのやろう、またキュレネーを独り占めしやがる——」

　そこまでぼやいたとき、無言で立つレスターが妖しい黒縁眼鏡をクイッと上げた。リーゼは乱暴にサインして印章をゴリィッ…と押しつける。五枚の私用発着願を受け取り、それぞれのサインと印章を見比べたレスターは、「これはこれは……わかりやすい」とつぶやきながら執務室を出て行った。

　入れ替わりにふたたび来たジュストが淹れたての珈琲を机に置く。

「総司令部から呼び出しがあったよ。さっきのリシュリーちゃんの電話と関係ある感じ？」

「ああ。連中、相変わらず張り切ってやがる。くだらんことでいちいち大層に騒ぐの疲れねえのかな？　付き合わされる俺ァとてつもなく疲れるんだが」

「ふふっ……。軍人さん、今すぐ来いって言ってたけど、今日は午前中に商談が二件入ってるし午後二時三十分で返事しといたよ。ボス都合悪い？　悪かったら連絡しなおすね」

「問題ない」

美味い珈琲を啜るリーゼは、とびきり別嬪でそつなく仕事をこなす息子にまた満悦を覚え、あの堅物の水竜には渡さんと心に誓う。パイプからぼっふぼっふと煙が立つ。ずっとここにいてもいいのに、綺麗に微笑むジュストは「いい風、吹いてるよ」と言って窓を開け、アプリコットオレンジの髪をふわりと揺らして執務室を出て行った。

花香や春の陽の匂いが、柔らかな風に乗って執務室へやってくる。

ドスン、ドスン……という竜の足音と、出動のアナウンスがドラゴンギルドに響く。

聞き慣れた心地いいそれらに耳を傾けながら、リーゼは書類を捌いていった。

†

旅行会社、銀行とつづけて商談し、また書類を処理して、大量の昼食を短時間でとり、執務室へ戻ってきた午後二時――。扉がノックされたので「どうぞ」と返事をすると、防護服姿のオリビエが入ってきた。

東洋の人形を思わせるほど美しく、そしてやや尖った性格のバトラーは紅い唇を淡々と動かした。

「さっき主任が『エマージェンシーだぁ！』と叫びました。すみませんがお願いします」

「またかよ。あいつ、たまにはなんとかしようと思わんのか？ それに俺は総司令部に行かなきゃならねえんだ。何時間拘束されるかわからんぞ？ 夜までかかるかもな」

そんな調子では永遠にオーキッドは手に入らんぞ、というテオへの意地悪な気持ちがまったくないと言えば嘘になるが、本当に総司令部に長くいることになるかもしれなかった。陸軍元帥が姿を見せるか否かで大きく変わってくる。

悩ましげに眉をひそめるオリビエは、リーゼでも少しぞくりとするほど妖美だった。

「俺も主任に『ボスは無理ですよ』って言ったんですけどね……。今日、どうしてもオーキッドが単機になってしまうんですよ。俺たち、あいつを独りぼっちにさせたくなくてボスにお願いしようと思ったんです。でもやっぱり無理ですよね、オーキッドには半日だけ我慢してもらいます」

「三十分ほどで戻ってくる。俺の防護服、用意しとけ」

「えっ。変わり身早すぎません……？」

オリビエはびっくりしたあとひどく胡乱な目つきで見てきた。部下たちの達ての願いを快諾したただけなのになぜ怪訝な顔をされなくてはならないのか、納得がいかない。

とにもかくにも今日の最優先業務は「オーキッドを単機にしないこと」となった。リーゼは帰還していたエドワード老とサロメを伴ってアルカナ大帝の宮殿群へ向かう。

通された総司令部の一室は、勲章をじゃらじゃらつけた高等階級の軍人ばかり座っていて非常にむさくるしい。たった一丁の小銃が破壊されただけでよくもこんなに集まれるものだと感心してしまう。

わずか二十八歳で陸軍元帥の座に就いた若造は、この部屋にはいなかった。新元帥とはまだ一度も顔を合わせていない。

そして、掃き溜めに鶴よろしく、煌びやかな孔雀緑の軍服と同色のマントを纏うサージェント法務将校が最後列に座っている。端整な顔に似つかわしくない間の抜けた大あくびをしたサージェントは、涙の滲んだ目で「早く終わらせてくれ」と訴えてきた。

頼まれなくても速やかに終了させる。呼び出されることを利用し、新元帥の座に就いても沈黙を貫く無礼者を引っ張り出してやろうと思っていたが、気が変わった。

リーゼはオーキッドを決して独りにはしない。

竜たちを最優先とするのがドラゴンギルドのバトラーである。

怒鳴ることしか能がない軍人たちをこてんぱんに言い伏せ、笑うのを必死で堪えているサージェントに目だけで「またな」と伝え、十五分ほどで総司令部をあとにした。

「あんなに厳しく言って大丈夫なのかい？　あの子ら、きっと泣いているよ。気の毒に……」

「今日のリーゼは優しかったです。もっと罵詈雑言が飛び交って、聞くに堪えないときがほとんどですから」

ギルドを陥れようとする連中にまで思いやりを持つエドワード老と、淑やかに微笑みながら酷いことをしれっと言うサロメとともにドラゴンギルドの正門を通り抜ける。

そこで立ち止まったリーゼは片眼鏡をカチャリと鳴らし、猫の瞳を半開きにした。

「なぁにがドラゴンギルド・ガレージだ」

それは正門の近くに設えられた、フォンティーンの作業場を指す。

精密機械好きの風変わりな竜がジュストのために作った自動車は魔女の森で燃えて、リーゼは清々したのだが、ガレージを得たフォンティーンは以前よりも意欲的に自動車作りを始めてしまった。

尤も、簡易ガレージを置いていいかジュストに訊ねられ、「邪魔になったらすぐ畳むから。ねぇ、おねがい、父さん」とねだられて、二つ返事をしたのはリーゼなのだが。

ドラゴンギルド・ガレージで作業中のフォンティーンは、軍服ではなくジュストに手配させたオーダーメイドのつなぎを着ており、なぜか彼の担当バトラーまで同じものを着る決まりになっていた。

リーゼは大股でガレージへ近づく。揃いのつなぎを着たフォンティーンとエリスの会話が聞こえてくる。

「前の車は〝ジュストのために駆ける〟号だったろ。これは？　完成してから考えんの？」

「もう決めてある。〝永久の愛を誓う水竜と美魔〟号だ」

「愛はとても素敵だからあんまり言いたくないんだけど……。前の名前も、その名前も、ださいと思う」

「ださい」

「ジュストさんは優しいから『いい名前だね』って言ってくれるだろうけどさあ。お洒落なジュストさんに似合うような、もうちょっとこう、シュッとした名前のほうが喜ぶと思うんだ」

「シュッ……？　〝永久の愛を誓う水竜と美魔〟号ほど素晴らしい銘はないと思ったのだが。ふむ。再考の余地ありか」

「うん、ありだね」

　エリスがかぶらされているキャップや二人が着ているつなぎの背には【Dragon Guild Garage】の刺繍が施され、二の腕部分と胸ポケットに【D.G.G.】のワッペンまでついている。堅物なくせして遊び心満載なのが、また腹が立つ。

　なによりリーゼを憤慨させるのは、フォンティーンの左手の薬指で輝く金色の指輪だった。あれは水竜の姿のときでも前脚の指に嵌まっているから伸縮自在の金属と思われる。おそらくジュストが研究した特別なもので、竜の強靭な魔力も宿っているのだろう。

「リーゼさん、エドワードさん、サロメ、お疲れさまです！」

元気潑剌なエリスは洒落たつなぎと斜めにかぶったキャップが妙に似合っている。

リーゼは、しゃがんで黙々と作業をするフォンティーンの前に立った。まっすぐの銀髪を揺らして見上げてくる竜を、ギンッと剝いた目で見おろす。

「おまえにくれてやるとは言ったがな、あいつをいつでも連れ戻す権利が、父親の俺にはあるんだぜ？　それを忘れんなよ。くだらねえことして泣かせてみろ、即座に連れ戻し、おまえを再起不能にしてやる」

可愛い息子が自分のものでなくなるなどとは、なにがあっても、絶対に、いっさい認めない。

きょとんとするフォンティーンとびっくりしているエリスたちを置いて、リーゼはずんずん歩いていく。

「僕らと同い年に見えるのに、やっぱり中身はぜんぜんちがうーっ。頑固おやじ」

「リーゼにあれほど執念深いところがあったなんて……。古くからの付き合いですが知りませんでした」

「はは、長生きするものだなぁ、頑固おやじのリーゼが見られるとは。ジゼルが知ったら、たまげたあと大笑いが止まらなくなると思うよ。フォンティーン、おまえさん、ずいぶん難儀な舅を持ったね」

「はぁ、舅ですか。——エリス、スパナを持ってこちらへまわってこい。ここを押さえろ」

「はいよー」

ドラゴンギルドの筆頭バトラーは忙しいので彼らが口々に言うそれを聞いている暇はない。ギルドの大扉を開け、エントランスホールを抜けてコツコツと廊下を進む。脱衣室ではアナベルがキュレネーに軍服を着せていた。

「リーゼさん、お帰りなさい！」

「オーキッドは？」

「今から帰還します。リーゼさんの防護服はダブルチェック済みです、よろしくお願いします」

防護服を着てブーツに履き替え、ゴム手袋とマスクとゴーグルを装着し、デッキブラシを持って階段を駆け上がる。

ゲートには帰還したバーチェスとシャハトがいて、ジュストたち四人のバトラーが洗浄とオーバーホールをおこなっていた。第三ゲートに立ったリーゼは遠方の空に若草色の星が輝いていることを確認し、誘導灯をつけた。

オーキッドがのろのろ着陸して大量の水が降ってくる。竜にしては小さい身体に乗って若草色の鱗を磨いていく。

「どうした、元気ねえな。任務遂行できなかったのか？」

「あれっ？　その声って、もしかしてリーゼくん？」

うなだれていたオーキッドは目をぎゅっと閉じたまま顔を上げ、鼻をすんすんと動かしてリーゼの匂いを確かめた。洗浄とオーバーホールを終え、テール・コート姿になって脱衣室へ戻ると、オーキッドが濡れた身体も拭かずに抱きついてくる。

「あーん、よかったぁ。ねえリーゼくん聞いて、今日ね、ひとりぼっちだって思って、ずっと悲しかったの。でもさっき元気になったよっ。リーゼくんがぼくの担当バトラーになってくれるのって、すっごく久しぶりだよね、うれしい！」

「俺がおまえを独りぼっちにするわけないだろ」

この魔性の天使に眩まない者はいないと言いきれる。ふわふわのバスタオルで優しく包んでやれば、オーキッドは頬を薔薇色に染めてにっこり笑う。たまらなく愛らしい。薔薇色の頬にキスしたくなる。

かけがえのない笑顔を守るために、リーゼは我が身を賭してドラゴンギルドを駆使しつづけるのだ――。

オーキッドに軍服を着せてくるくるの巻き毛を乾かす。彼の好みのハンドクリームで手をケアし、脱衣室を出る前にローズの香水をほんの少しつけてやる。

「遊びに行きたいところはあるか？ ティー・ハウスでも菓子屋でも、ハーシュホーン通りでもいいぞ。馬車を手配するか？」

「ううん、ぼくギルドにいたいのー。テオのお仕事が終わったらすぐ会えるように」

「ねぇねぇ、メフィストくんたちのとこ行こっ。リーゼくんと中庭でお花を見ながらお茶して、一緒に四つ葉のクローバー探すのも楽しいなぁって迷ったんだけどね、綺麗なお花は飼育小屋にもいっぱい咲いてると思って！」

「なにっ？」

かなり引っかかる言葉が出てきたが、上機嫌のオーキッドに腕を組まれてベタベタに甘えられるとそれも霞む。

飼育小屋にはメフィストたち四機の幼生体のほかに、今日の飼育小屋担当のメルヴィネと、先に遊びに来ていたキュレネーとアナベルがいて、オーキッドはたいそう喜んだ。もしここにジュストがいたら「ワォ、ボス好みのカワイコちゃん大集合」などと言ってくすくす笑うに違いない。

だがこれはバトラーの業務である。飽くまで業務なのである。

清流のそばに広がる柔らかな草の絨毯でオーキッドとメルヴィネはフェアリーたちと戯れ、リーゼはベンチの真ん中に腰かけ、アナベルとキュレネーが両隣に座った。抱き上げたメフィストは孵化したときよりずいぶん重くなり、会話もつづくようになっている。

「メフィスト、おまえサーカス行くんだってな？」

「ウン！　とーちゃん、さーかす、いつ？　あした？」

「ふふ、明日は無理だけど、ナインの帰還が早い日に連れて行ってもらおうね。とっても楽しみだね」

　メフィストはアナベルのことを——孵化に魔力を貸してくれた魔女のことを父親と認識している。これは非常に稀であり、ギルド内で仮説や議論が交わされたが、今ではすっかり定着していた。

「ないんへる、わたあめかってくれるよ。りーぜと、りぴんと、めふぃすとにかってくれる」

「綿飴はメフィストとリピンだけな」

「どして？　りーぜは、わたあめきらい？　わたあめ、あまくてふわふわなんだって」

「嫌いじゃないが俺はギルドで留守番だ。外に出たら、とーちゃんの言うことをよく聞いてイイ仔にするんだぞ。泣くのも我慢だ、おまえの泣き声でみんなの鼓膜が破れちまうからな」

　大きな瞳をぱちくりさせるメフィストは、どうやらリーゼもサーカスに行くと思っていたらしい。仕事を投げ出して行ってやろうかと本気で考えてしまう。まぶたを閉じて「ウーン」と考えごとをする小さなサラマンダーは、なにかをひらめいたようで、ぱちっと目を開けて言った。

「めふぃすとのわたあめ、ちょっとりーぜにあげるね。さーかすいけないから、おみやげね」

　メガトン級の可愛らしさに鼻血が出そうになる。

　この幼生体は本当に世界最強・最大・最強種を誇る火竜なのだろうか。ナインヘルほど凶暴になる必要はないが、このままでは〝とーちゃん〟そっくりの優しくて穏やかなサラマンダーに成長しかねない。

「俺ァ綿飴なんぞよりおまえを食っちまいたいぜ――」

レスターに注意されたばかりなのにまた心の声を漏らしてしまった。

びっくりしたメフィストは「とーちゃんっ、りーぜこわいよ」とアナベルにしがみつき、キュレネーが「リーゼ、鼻血出てるよ……」と静かにつぶやく。

耳の下あたりで切り揃えた銀髪をさらさらと揺らすキュレネーは、軍服のポケットからレースのハンカチを取り出して鼻血を丁寧に拭いてくれた。竜を世話する立場にもかかわらず竜に世話をさせてしまったことを申し訳なく思いつつ、どさくさに紛れて彼の華奢な肩を抱く。

「ふっふっ、ふ……」

磨りガラスを通って届く、柔らかな春の陽射し。

小川の流れる清らかな音と、爛漫と咲きこぼれる美しい花々。

魔性の天使と人魚と幼生体たちが戯れるここは楽園であろうか。腕の中には興奮を覚えるまでに儚げなオンディーヌがいて、素晴らしく別嬪な金髪碧眼の魔女と、世界一、否、宇宙一可愛い火竜の幼生体もいる。

「至福、ってやつだ――」

これだからドラゴンギルドの筆頭バトラーはやめられない。

どれほど多忙な日々がつづこうとも。夜明け前と真夜中に激務があろうとも――。

†

至福のときは驚くほど瞬く間に過ぎた。飼育小屋で兄弟たちと遊び、夕食を済ませたオーキッドを巣へ送った午後七時五十三分――。ふたたび脱衣室に戻ったリーゼは、オーバーホールを終えたシーモアに軍服を着せていた。

「リーゼ、あのね、レスターがね、ナインヘルの火が入ったカンテラを持たせてくれたんだ。だから今日の帰り道はちょっとだけ怖くなかったよ」

「ほう、そりゃよかったじゃねえか。シーモアのケーキ、いつもよりひとまわりでかいの焼いてくれってオーダーしといたぜ。一緒に食堂へ行こうな」

「ほんとっ？　わぁい、リーゼありがと！　お仕事がんばってよかったー」

丸くて甘いホットケーキのようなシーモアの笑顔を見ると、リーゼまで優しい気持ちになれる。しかし上着のボタンがほとんど留められず、たちまち苛立った。

「おまえ、またでかくなったんじゃねえ？　俺が見てないところで土食ってるだろ？」

「えっ。……そ、そ、そんなこと、ない、よ」

「じゃあなんでこんな軍服きちきちなんだ、え？　作り直

リーゼに怒られたシーモアがモジモジしだした